UNA CONEXIÓN ILÓGICA

John Corey Whaley

UNA CONEXIÓN ILÓGICA

JOHN COREY WHALEY

Traducción de Elvira Sastre

ALFAGUARA

Título original: *Highly Illogical Behavior*
Primera edición: enero de 2017

© 2016, John Corey Whaley
Todos los derechos reservados, incluido el de reproducción
de la totalidad o de alguna parte de este libro.
Edición publicada por acuerdo con Dial Books for Young Readers, un sello editorial
de Penguin Young Readers Group, una división de Penguin Random House LLC.
© 2017, Penguin Random House Grupo Editorial, S.A.U.
Travessera de Gràcia, 47-49. 08021 Barcelona
© 2016, Elvira Sastre, por la traducción

Printed in Spain – Impreso en España

ISBN: 978-84-204-8520-1
Depósito legal: B-22.564-2016

Compuesto por Javier Barbado
Impreso en Liberdúplex
Sant Llorenç d'Hortons (Barcelona)

AL 8 5 2 0 1

Penguin
Random House
Grupo Editorial

Para Scotty

PRIMERA PARTE
Primavera

UNO
SOLOMON REED

Solomon nunca había sentido la necesidad de salir de casa. Tenía comida. Tenía agua. Podía ver las montañas desde la ventana de su habitación y sus padres estaban siempre tan ocupados que era prácticamente el único dueño de la casa. Jason y Valerie Reed se lo permitían porque, al final, ceder ante la condición de su hijo era el único modo de que mejorara. Así pues, cuando cumplió dieciséis años, llevaba sin salir de casa tres años, dos meses y un día. Estaba pálido e iba siempre descalzo, y funcionaba. Era lo único que funcionaba.

Hacía los deberes por internet; normalmente los terminaba cada tarde con el pelo revuelto y el pijama puesto antes de que sus padres llegaran a casa. Si sonaba el teléfono, dejaba que saltara el contestador y, si en alguna extraña ocasión alguien llamaba a la puerta, ojeaba por la mirilla hasta que quien fuera —un scout, un político o, quizá, un vecino— se cansaba y se iba. Solomon vivía en el único mundo que podía comprenderlo y, aunque era un mundo silencioso, terrenal y a veces solitario, dentro de él nunca perdía el control.

No había tomado la decisión a la ligera y hay que decir que al menos había intentado estar fuera el mayor tiempo posible, todo lo que podía alguien como él. Pero entonces llegó el día en el que intentarlo no fue suficiente, así que se quedó en calzoncillos y se sentó en la fuente que había enfrente de su instituto. Y justo allí, mientras sus compañeros y los profesores lo miraban y el sol de la mañana lo deslumbraba, se inclinó hacia atrás poco a poco hasta que todo su cuerpo estuvo bajo el agua.

Esa fue la última vez que Solomon Reed fue al instituto de secundaria Upland y, en cuestión de días, se negó por completo a salir fuera. Era mejor así.

—Es mejor así —le dijo a su madre, que le suplicaba cada mañana que lo intentara con más ahínco.

Y, en realidad, lo era. Los ataques de pánico llevaban ocurriendo desde que tenía once años, pero en los últimos dos años había pasado de sufrir uno cada pocos meses a uno al mes, a dos, etcétera. En el momento en el que se metió en la fuente como un lunático, había pasado de tener ataques de pánico leves a ataques severos tres veces al día.

Era un infierno.

Después de lo de la fuente, se dio cuenta de lo que debía hacer: si te alejas de las cosas que te asustan, no te asustarás, y entonces pasó tres años preguntándose por qué le costaba tanto a todo el mundo comprender aquello. Todo lo que hacía era vivir en vez de morirse. Algunos tienen cáncer y otros se vuelven locos, pero nadie intenta quitarse la quimio de encima.

Solomon nació y, con toda probabilidad, morirá en Upland, California. Upland es un barrio residencial de Los Ángeles a tan solo una hora del centro. Está en una parte del estado que llaman Inland Empire, un nombre que le entusiasma a Solomon porque suena como algo de *Star Trek,* que es una serie de televisión que conoce demasiado bien.

Sus padres, Jason y Valerie, no saben mucho sobre *Star Trek,* a pesar de que su hijo insiste en que es una exploración brillante de la humanidad. Sin embargo, le hace feliz, así que ven un capítulo con él de vez en cuando e incluso le preguntan sobre los personajes cada cierto tiempo solo para ver lo contento que se pone.

Valerie Reed es dentista y tiene su propia clínica en Upland, y Jason prepara los sets de rodaje en un estudio en Burbank. Podría pensarse que esta profesión conlleva grandes historias, pero Jason es de ese tipo de personas que cree que es posible confundir a Dermot Mulroney con Dylan McDermott, por lo que no puedes creerte la mayoría de famosos que ve.

Una semana después de cumplir dieciséis años, mientras su padre intentaba contarle algo sobre un actor que había conocido en el set aquella mañana, Solomon empezó a impacientarse.

—Ya sabes…, ese tipo con bigote. De esa serie…, la serie con la canción de cabecera…

—En todos los programas hay una canción de cabecera, papá.

—Ay, sabes quién es. ¡El tipo de la pistola!

—¿El tipo de la pistola? Pero ¿qué significa eso?

—El tipo. Tiene una pistola en la cabecera. Sé que sabes quién es.

—No lo sé. ¿*Hawaii 5.0*?

—Eso es una película, no un actor —le dijo su padre.

—Es una serie de televisión. ¿Cómo puedes trabajar en Hollywood?

—¿Has hecho los deberes hoy? —preguntó la madre de Solomon al entrar en el salón.

—Esta mañana. ¿Cómo ha ido el trabajo?

—Ha venido una nueva paciente.

—¡Vivan los dientes de oro! —bromeó su padre. Ninguno se rio.

—Dice que fue al instituto Upland. ¿Lisa Praytor? ¿Te suena?

—No —contestó Solomon.

—Es una buena chica. Tiene unos molares preciosos, pero va a tener que quitarse las muelas del juicio en un año o dos o tendrá que llevar aparato otra vez.

—¿Tú llevaste aparato? —preguntó Solomon.

—Un arnés de ortodoncia. Fue horrible.

—Ah, ahora todo tiene sentido. Quieres hacer pasar a otros por la tortura de tu infancia.

—No me analices.

—Solomon, deja de analizar a tu madre —le dijo su padre desde detrás de un libro, una de esas novelas de misterio y terror que siempre leía.

—Bueno, es una buena chica. Guapa, también. Solo tenía una caries.

Solomon sabía bien lo que estaba pasando. Su madre estaba haciendo eso que hacía cuando pensaba que hablar sobre una chica guapa conseguiría de repente curar a su hijo y llevarlo al instituto. Era muy inocente, pero esperaba que su madre no estuviera tan desesperada porque, si lo estaba, ¿no ocurriría un desastre poco a poco con todos esos pequeños momentos que iban surgiendo? Les había escuchado hablar sobre él unas cuantas veces. Cuando cumplió diez años, aprendió que si colocaba un vaso de plástico sobre la pared de su habitación podía escuchar lo que hablaban sus padres en el cuarto. Lo último que oyó fue a su madre preguntándole a su padre si se iban a quedar «atrapados con él para siempre». Después de decirlo, no oyó nada durante un rato, y entonces se dio cuenta de que se había echado a llorar nada más decir esas palabras. Horas más tarde, Solomon seguía despierto pensando cómo contestar la pregunta de su madre. Al final, se decidió por un difícil «sí».

DOS
LISA PRAYTOR

A veces, la vida te pone en las manos una limonada directamente servida en un vaso frío con una rodaja de limón. Para Lisa Praytor, alumna sobresaliente de secundaria del Upland, conocer a la madre de Solomon Reed fue ese vaso de limonada, y eso iba a cambiarle la vida.

Seguramente hayas conocido a Lisa Praytor en algún momento de tu vida. Es la chica que se sienta en la primera fila de clase, levanta la mano para contestar todas las preguntas del profesor, se queda después de las clases para trabajar en el anuario escolar y en cuanto llega a casa se sumerge de cabeza en los deberes.

Siempre ha sido una chica con la agenda ocupada. A los once años decidió hacer caso a las palabras de su tía abuela Dolores, que dijo: «No debería haber ni un día libre en tu calendario, da mala suerte; veinticuatro horas de oportunidades perdidas».

Ni siquiera la propuesta de su novio de conducir hasta la costa y ver la puesta de sol podía hacerle olvidar sus quehaceres, y Clark Robbins era de esos chicos que proponen cosas como esas todo el rato. Era guapo sin resultar intimidante, y su pelo castaño del color de la corteza de los árboles estaba peinado de tal modo que Lisa lo encontraba especialmente atractivo. El día que Lisa conoció a la madre de Solomon, llevaba saliendo con Clark un año y diecisiete días. Lo había apuntado en el calendario como prueba.

En segundo de secundaria, después de que un alumno de primero tuviera un incidente enfrente de la escuela, Lisa escribió un artículo de opinión para el *Registro* del Upland en el que defendía al chico: una redacción irónica sobre la importancia de la empatía. No les sentó bien a sus compañeros y hasta final de curso corrió el rumor de que Lisa estaba saliendo en secreto con el niño loco que había saltado a la fuente.

Si no hubiera sido porque el Upland contaba con casi mil estudiantes, Lisa no habría sido capaz de ocultar aquel intento frustrado de heroísmo cuando llegó al bachillerato, pero lo consiguió, y la mayoría de sus amigos y compañeros de clase, con el tiempo, lo olvidaron por completo.

Pero Lisa no. Lo había visto aquel día: ese chico pequeño y delgado de pelo revuelto quitándose la camisa, bajándose los pantalones y caminando despacio hacia el agua. En realidad, no lo conocía, pero siempre había pensado que parecía simpático, como esos chicos que sujetan sin pensar la puerta para que pase otra persona. Deseaba volver a verlo algún día o, al menos, saber que estaba bien.

Entonces, un día Lisa vio un anuncio de la clínica dental de Valerie Reed en el periódico local. Le llevó una sola búsqueda en internet confirmar que era la madre de Solomon. No se había puesto nunca a buscar al chico de la fuente a pesar de pensar en él de vez en cuando y preguntarse cómo habría acabado. Sin embargo, en el momento en el que se dio cuenta de que lo había encontrado supo que tenía que conocerlo lo antes posible, y la única manera de hacerlo era concertando una cita con su madre. Si no salía bien, Lisa disfrutaría de una limpieza y un cepillo de dientes gratuito. Si todo salía bien, sus sueños se harían realidad.

—Bueno, ¿y a qué instituto vas? —preguntó la doctora Valerie Reed mientras se sentaba para examinar los dientes de Lisa. Era veinticuatro de marzo, martes, y a Lisa le estaba costando aguantarse para no preguntar un millón de cosas sobre Solomon.

—Al Upland. ¿Es usted la madre de Solomon?

—Sí —contestó, sorprendida.

—Fui al colegio con él. Su foto está en la pared —sonrió, señalando la fotografía de Valerie, Jason y Solomon que colgaba en la ventana.

—¿Lo conociste? —preguntó Valerie.

—¿Conocí? —exclamó Lisa—. ¡Ay! ¿Se ha…?

—No, por Dios, no. Perdona —dijo Valerie—, es que no sale mucho.

—¿Va a una escuela privada? ¿Al Instituto Western Christian?

—Aprende en casa.

—¿Hace usted eso y esto? —preguntó Lisa.

—Es todo por internet. Bueno, recuéstate. Abre bien la boca.

—Yo estuve allí, ¿sabe? —dijo Lisa, poniéndose recta.

—¿Dónde? —preguntó la doctora Reed. Empezaba a perder la paciencia.

—Aquella mañana. Vi a su hijo… Vi su *accidente*.

—Fue un ataque de pánico —dijo ella —. ¿Puedo echar un vistazo a esos dientes ahora?

—Solo una cosa más —dijo Lisa.

—Adelante.

—¿Por qué no sale mucho?

La doctora Reed la miró en silencio. Tenía la boca cubierta por una máscara de papel azul, pero sus ojos buscaban la respuesta correcta. Justo cuando iba a hablar, Lisa la interrumpió.

—Es que..., nadie lo ha visto en mucho tiempo. Estaba allí y de repente desapareció. Es todo muy raro. Creía que a lo mejor se había ido a un internado o algo.

—Pasó un día en el Western Christian. ¿Qué harías tú si tu hijo no saliera de casa?

—¿Enseñarle en casa?

—Era nuestra única opción. Abre bien la boca.

Tan pronto como la doctora Reed terminó, Lisa volvió directamente a donde lo había dejado, sin esperar siquiera que la silla se volviera a poner derecha.

—¿Cuándo fue la última vez que salió de casa?

—Eres muy curiosa, ¿no?

—Lo siento. Dios, lo siento mucho. No quería molestar. Es que he pensado mucho en él estos últimos años y me entraron los nervios cuando me enteré de que usted era su madre.

—No pasa nada —dijo ella—. Me alegro de que alguien se acuerde de él. Han pasado tres años. Un poco más, de hecho.

—¿Está bien?

—Casi siempre, sí. Conseguimos que funcione.

—Debe de sentirse solo —dijo Lisa.

—Sí, eso pienso.

—¿Tiene amigos?

—Ya no, aunque antes sí que tenía. Crecéis todos demasiado rápido. No podía seguiros.

—¿Puede saludarle de mi parte? No creo que sepa quién soy, pero bueno, ya sabe, si no es algo raro.

—Se lo diré, Lisa. Te veo el próximo martes para arreglarte esa caries.

Para Lisa, era más fácil mentir a los adultos que a sus compañeros. Igual que ella, ninguno de sus amigos o compañeros de clase confiaba en nadie de verdad, así que era más complicado salirse con la suya. Sin embargo, con alguien como Valerie Reed, odontóloga, nacida seguramente a finales de los setenta con los liberales de California del Sur, iba a ser mucho más fácil: alguien que tiene tantas ganas de confiar en los demás no es capaz de ver la mentira aunque le den una bofetada en la cara.

En esas circunstancias, Lisa sabía que aquello era algo inofensivo, un paso necesario para que su plan maestro pasara de ser un concepto a algo real. Y menudo plan.

Iba a curar a Solomon Reed.

Su vida dependía de ello.

TRES
SOLOMON REED

La terapia no funcionaba muy bien con Solomon porque él no quería. Intentaron llevarlo con alguien cuando tenía doce años después de darse cuenta de que los berrinches y los lloros no eran los típicos de un niño mimado de barrio residencial, pero no quiso hablar con el terapeuta. Ni una sola palabra. ¿Y qué iban a hacer Jason y Valerie? ¿Cómo educas a alguien que quiere pasar todo el día en su habitación? Si lo castigaban sin ordenador o sin televisión se ponía a leer todo el día, y ninguno de ellos quería quitarle los libros.

En el colegio, había sido un niño tranquilo y tímido. Se dejaba caer en el pupitre al final del aula y aun así conseguía sacar sobresalientes y notables. Allí, perfeccionó el arte de la invisibilidad. Sin embargo, en casa se reía y bromeaba con sus padres; incluso escuchaba música a todo volumen y se inventaba la letra de las canciones mientras ayudaba a lavar los platos o a poner la mesa.

Cuando tuvo el ataque en el colegio seguía yendo a terapia, por lo que Jason y Valerie decidieron cambiar el terapeuta por uno que les costaba el doble. Solomon fue y, como siempre, no dijo nada, pero escuchó. Prestó mucha atención y, nada más terminar la primera sesión, encontró la manera de dejar de ver también a este terapeuta sin tener que mentir al respecto.

—Cree que estáis abusando de mí o algo.

—¿Ha dicho eso? —preguntó su padre.

—No ha hecho falta —contestó—. Me ha preguntado sobre vuestros horarios de trabajo y si discutís o gritáis. Está buscando sangre. No voy a volver.

Y no lo hizo. ¿Quiénes eran ellos para negarse? Cuando estaba en casa, estaba mejor: tranquilo, feliz y más simpático. Los ataques de pánico eran escasos, sucedían de vez en cuando, y aunque nunca lo admitirían, sus vidas eran mucho más fáciles así: sin tener que ir a reuniones con el profesor, llevarle al instituto por las mañanas ni recogerlo por las tardes. Con solo trece años, necesitaba muy poco de sus padres y menos del mundo. No estaba aburrido ni se sentía solo o triste; estaba a salvo, podía respirar, podía relajarse.

Solomon nunca había tenido muchos amigos en el colegio, solo niños a los que saludaba o con los que intercambiaba alguna vez las respuestas de los deberes. Sin embargo, de algún modo siempre terminaba comiendo con un niño que se llamaba Grant Larsen. Grant estaba todo el tiempo hablando de tías buenas, de películas de acción y de los profesores que más odiaba. Eso siempre que no presumía del «trabajo tan guay» de su padre en una compañía de coches eléctricos.

—Y entonces ¿por qué no tenéis uno? —le preguntaba Solomon.

—No tenemos cómo recargarlo en casa aún, pero pronto, tío, lo tendremos muy pronto.

A Grant no le importaba mucho que Solomon no hablara nunca de chicas ni que no presumiera del trabajo tan guay de su padre. A él lo que le gustaba era que le escucharan, y resulta que ese era uno de los puntos fuertes de Solomon, que asentía y respondía con una o dos palabras. Era la única manera de no perder los nervios ante cientos de niños ruidosos. Se fijaba en Grant y se quedaba callado. Cualquier otra cosa entrañaba el riesgo de tener un ataque de pánico delante de todo el mundo, como aquel que selló su destino como el niño loco.

Grant sí que fue a ver a Solomon después de lo de la fuente, y eso decía mucho de él. Sin embargo, en casa, Solomon no era ese niño que en el colegio escuchaba en silencio: era él mismo. Y él mismo era alguien que no le caía del todo bien a Grant.

—¿Quieres jugar a algo? —le preguntó Solomon un día, unas semanas después de terminar las clases.

—¿A qué? ¿Tienes PlayStation?

—Ah, no. Se me dan fatal los videojuegos, me refería a las cartas o algo. ¿Te gustan los juegos de estrategia?

—¿Me estás pidiendo que juguemos a Dragones y Mazmorras? Porque ni de coña. No me quiero morir virgen.

—Eso no tiene ningún sentido.

—Dile eso a mi tío Eric. Está todo el tiempo jugando a esos juegos frikis con sus amigos frikis y mi madre dice que seguramente acabe solo para siempre.

—Parece simpática —dijo por lo bajini Solomon.

—No seas imbécil, solo digo que es un poco coñazo.

No era un coñazo, ni un poco. A Solomon no le llevó mucho darse cuenta de que no necesitaba un amigo, lo que le vino bien porque después de unos meses y unos cuantos intentos fallidos de salir juntos, Grant dejó poco a poco de visitarlo. Sus padres le preguntaron varias veces qué había sido de Grant, por qué había estado tan ocupado, pero Solomon no les hacía caso y les decía que no sabía. Pero lo sabía: estaba matando de aburrimiento a alguien nuevo.

Veis, el mundo de Solomon no era un mundo solitario, como pensabais. No era oscuro y triste: era pequeño y seguro y se sentía a gusto en él. ¿Por qué tendría que ser de otra manera? Sin embargo, sabía que sus padres se preocupaban, y eso era lo único que le molestaba. Lo que quería, más que cualquier otra cosa, era ser capaz de explicarles que era mucho mejor así. Sin embargo, a juzgar por el silencio y la falta de un terapeuta, dio por sentado que lo sabían.

CUATRO
LISA PRAYTOR

Lisa había aprendido de su madre algunas cosas importantes, como por ejemplo a ponerse rímel mientras conducía y a saber cuál es el momento ideal del año para llevar zapatos blancos. Sin embargo, lo más importante que había aprendido Lisa era que si se conformaba con una vida indeseada, acabaría como ella: estresada, algo deprimida y con un tercer matrimonio fracasado.

Lisa aspiraba a algo más que Upland (California). No era el peor sitio del mundo, para nada, pero no era *su* sitio. Alguien como Clark podría vivir allí toda la vida, feliz de tener una vida tranquila y sin causar muchos problemas. Sin embargo, Lisa necesitaba algo más grande, quería ser importante, y eso no iba a ocurrir en Inland Empire. Por suerte, estaba a punto de terminar el penúltimo año allí y Lisa ya podía vislumbrar el final. Ahora que tenía una nueva cita con la madre de Solomon Reed, estaba totalmente segura de su plan de fuga.

Todavía no sabía qué hacer con Clark. Lo quería. Era difícil no hacerlo, pero cada vez que intentaba llevar las cosas un paso más allá, fracasaba. Clark no quería hablar sobre la universidad, siempre decía que aún no estaba preparado. A pesar de su aspecto y su seguridad en sí mismo, resultaba que tampoco estaba preparado para otras cosas.

Clark quería esperar. Lisa no sabía a qué exactamente, pero cada vez que intentaba empezar algo parecido al sexo, él le recordaba que aún no era el momento oportuno.

Por supuesto, nunca pensó que el problema podría ser ella.

—Es religioso —le dijo a Janis, su mejor amiga, por teléfono—. Eso es lo que pasa, ¿verdad?

Janis Plutko llevaba siendo la mejor amiga de Lisa desde primero, pero desde que se había convertido al cristianismo en su segundo año de universidad, Lisa había notado mucha distancia por su parte. No le suponía ningún problema, pero a veces no estaba segura de que Janis conociera la diferencia entre ser religiosa y comportarse de esa manera.

—Por favor… —dijo Janis—. He salido con tres chicos de la escuela dominical y todos ellos me han intentado meter mano. Dios no es tu problema, Lisa.

—Entonces ¿qué le pasa? Y no me digas que soy yo. No es así.

—Lisa… Está en el equipo de waterpolo y tiene tres hermanos mayores —dijo Janis.

—¿Qué? No empieces otra vez, Janis. No es gay.

—Científica y superficialmente, esos hechos no apoyan su heterosexualidad.

—¿De qué narices hablas?

—Dicen que cuantos más hermanos mayores tienes, más probabilidades hay de que seas homosexual. Para los chicos, al menos. ¿Te tengo que explicar por qué el waterpolo es gay?

—Chicos en bañador jugando en una piscina —dijo Lisa—. Lo pillo. Pero no es gay.

—Piensa lo que quieras, Lisa, pero no lo descartes. Tengo un instinto para estas cosas. Poseo el mejor *gaydar* de la ciudad.

—La verdad es que eso no me importa mucho ahora mismo.

—Lisa, creo que deberías preocuparte de algo así.

—Quizá todos los demás deberían preocuparse menos. Tengo mucho que hacer, de todos modos. El sexo debería ser lo último que ocupe mi cabeza.

—Ves, serías una gran cristiana. Quizá si empezaras a ir a la iglesia, lo tendrías todo el rato encima de ti.

—Me temo que ardería en llamas nada más entrar.

—Yo también lo creo —añadió Janis.

—Lo quiero. Estoy bastante segura de que él también me quiere. Así que, por ahora, ¿cuál es el problema?

—Esta conversación ha empezado por tu frustración sexual.

—Aun así. Como dije, el sexo es una distracción. Necesito centrarme en la escuela y en salir de aquí.

—¿Me cuentas lo de la dentista ahora? —preguntó Janis.

—Era simpática. Y yo tenía razón: él no ha salido de casa en años.

—Interesante —dijo Janis—. Yo tampoco saldría de casa si hubiera hecho lo que él hizo.

—No pudo evitarlo —le defendió Lisa.

—Sinceramente, no sé por qué te importa tanto un chico que no conoces.

El plan de Lisa llevaba tomando forma desde un tiempo antes de conocer a la madre de Solomon, pero nunca se lo había contado a Janis. A veces, cuando haces algo que no deberías, lo último que necesitas es a alguien como Janis diciéndote por qué no deberías hacerlo. Lisa era lo bastante lista como para conocer los riesgos, y ya había tomado una decisión.

Más tarde en casa de Clark, Lisa intentó sacar el tema de la universidad para ver si podía hacerse alguna idea de lo que pasaba por su cabeza.

—¿Has pensado algo más sobre las universidades de la costa este? —preguntó.

—Estuve investigando el otro día —contestó Clark—. Después me sentí demasiado mayor y me puse a jugar a los videojuegos.

—Bueno, yo ya me he decidido, así que quizá puedas buscar algo cerca de donde yo vaya.

—Vale. ¿Dónde?

—La Universidad Woodlawn. Su programa de Psicología es el segundo mejor de todo el país.

—¿Por qué no vas al primero?

—Porque sé que en esta puedo ser la mejor de la clase y no estoy tan segura de poder serlo en la otra.

—Eres como Lady Macbeth sin el asesino.

—Gracias. No te haces una idea de qué gran cumplido es ese.

—Entonces ¿debería buscar universidades cerca de dónde? ¿Dónde está eso, en Oregón?

—Maryland —le corrigió—. Baltimore.

—Siempre he querido ver la tumba de Poe.

—Qué tontería —dijo—. Nunca he entendido esta fascinación universal con las tumbas. Es morboso y… triste.

—Yo voy a la tumba de mi abuelo algunas veces. Es bonito.

—Lo siento.

—No importa —dijo—. A mí me gusta lo que me gusta y a ti te gusta lo que te gusta.

—¿Qué haces allí? ¿Mirarla y ponerte triste?

—No. Normalmente rezo o hablo con mi abuelo como si aún estuviera ahí. Sinceramente, me pone más feliz que triste.

—La gente es extraña, ¿verdad?

—¿Es por eso que estás tan empeñada en arreglarnos a todos? —preguntó Clark.

—A ti no —dijo, rápidamente—. Tú estás bien como estás.

—Gracias. Así que… Woodlaw…

—Woodlawn —le corrigió.

—Sí, eso. ¿Puedes entrar?

—Con los ojos cerrados.

—¿Qué tienes que hacer? ¿Una redacción o algo?

—Sí. *Mi experiencia personal con enfermedades mentales.*

—No debe ser muy complicado —rio—. Puedes escribir sobre tu madre o quizá sobre mi madre. Está muy chiflada.

—No, tiene que ser algo único. Tiene que ser la mejor que lean o la mejor que hayan leído nunca. Dan una beca al año, completa.

Sabía exactamente sobre lo que iba a escribir. Había estado pensando en ello desde el primer momento en el que vio el anuncio de la doctora Reed en el periódico. Necesitaba encontrar a Solomon, gustarle y tratarlo para curarlo. Después, lo escribiría todo en la redacción para

Woodlawn y se aseguraría una plaza con las mejores mentes de la Psicología del siglo XXI. Para cuando tuviera nietos, ya habría un edificio con su nombre.

Sin embargo, tenía que empezar pronto si quería asegurarse el éxito, teniendo en cuenta que, por lo visto, podría estar lidiando con una agorafobia completa. Eso no es algo que una persona pueda superar en unas pocas semanas. Lisa necesitaría varios meses con él para conseguir el tipo de progreso que quería, y ya se estaba acercando al fin de su penúltimo año. Eso le daría el tiempo justo para ser de las primeras en presentar la solicitud. No podía conformarse con entrar en la lista de espera y tampoco quería solicitar plaza en el tercer mejor programa de Psicología del país. Pertenecía a ese lugar y ahí era donde iba a terminar, sí o sí.

—Voy a escribir sobre mi primo —dijo Lisa.

—¿El que está en el *sitio*?

—Residencia —le corrigió—. Lo conocí una vez. Sale a veces. Viene a casa un fin de semana o dos por año. Siempre he querido hablar con él o intentar conocerlo, pero nunca lo hago.

—Yo tendría cuidado —le avisó Clark—. No le menciones las consecuencias que puede tener vivir así, lejos de todo el mundo.

—No lo haré —le dijo—. Pero puede que intente hablar con él de todos modos.

A pesar de su interés en la Psicología, Lisa no tenía ninguna intención de hablar con su primo o con cualquiera de su familia sobre ese asunto. Apenas era capaz de quedarse en una habitación con su madre y las tarjetas de cumpleaños de su padre no llegaban desde que cumplió nueve años. Necesitaba una buena excusa para que Clark no se enterara de lo de Solomon, no todavía. No le puedes decir a tu novio que tienes que pasar unos meses con otro chico, en especial con uno con un historial de inestabilidad emocional y ataques de pánico públicos. Ya encontraría el momento. Para Clark, era mejor no saber nada, así que en el fondo le estaba haciendo un favor. Podía esperar un poco más para enterarse de su proyecto. Después de todo, daba la sensación de que disfrutaba esperando.

CINCO
SOLOMON REED

De acuerdo con las normas de la sociedad, Solomon Reed era un niño bastante raro. Además del tema de la agorafobia, existían otras cosas. Sus manías a la hora de comer eran muy raras: rechazaba cualquier cosa verde, sin excepción, y le daban pánico los cocos. La mayoría de los días paseaba medio vestido, con el pelo revuelto y con una línea roja cruzándole la tripa en el sitio donde había apoyado el portátil al hacer las tareas o ver alguna película por internet. A pesar de ser malísimo con los videojuegos, le pedía a su padre que jugara para poder mirarlo durante horas.

Ah, y algunas veces decía lo que pensaba en voz alta. No siempre, pero las justas como para que sus padres esperaran escucharlo al girar la esquina diciendo alguna cosa sin sentido. El día después de que su madre conociera a Lisa Praytor, entró en su habitación en el momento justo.

—Mongolia —dijo, sentado tras el escritorio, sin darse cuenta de que estaba detrás de él.

—¿A quién llamas mongola? —bromeó ella.

Se puso a dar vueltas en la silla, despacio, hasta que se situó frente a ella. Tenía las mejillas coloradas, pero no tardaron en volver a su color normal. Pasaba mucho tiempo con sus padres, así que pocas cosas le daban vergüenza.

—¿Te acuerdas de la nueva paciente de la que te hablé? ¿La de tu colegio?

—¿Lisa...?

—Praytor —contestó—. Me estuvo preguntando mucho por ti.

—Bueno, parece que es lo único de lo que sabes hablar últimamente. ¿Me estás diciendo que no tengo unos molares perfectos? ¿Quieres arreglarlos?

—No lo descarto.

—¿Ha preguntado mucho por mí? Qué mal rollo, mamá.

—Qué rollo ni rollo. Era un poco indiscreta, nada más. ¿No es bonito que haya alguien que piense en ti?

Solomon no supo qué contestar. Alguien había estado pensando en él. Genial. ¿Qué se supone que tenía que hacer ahora? ¿Invitarla a comer?

—Supongo.

—No te haría ningún daño tener uno o dos amigos, ¿sabes?

—¿Y nosotros? ¿Estás diciendo que no somos amigos? —bromeó, elevando la voz y poniendo un acento de pandillero.

—Estoy diciendo que tus únicos amigos no deberían ser de mediana edad ni ser, desde luego, tus padres.

—No veo nada malo en eso —dijo él.

—Ay, Señor —suspiró, pellizcándole las mejillas—. Eres igual de imposible que tu padre.

Valerie Reed convivía con la versión adulta y con la versión joven del mismo hombre: un minimalista introvertido que nunca hablaba de sus sentimientos y al que le obsesionaban las cosas ridículas. Conseguía que contara algo cuando veían películas antiguas de ciencia ficción cada semana y en las conversaciones profundas que mantenían después, pero nada más. Le gustaba mucho bromear y decirles que «se daba con un canto en los dientes». ¿Lo pilláis? Seguro que sí.

—Oye, seguro que podrías volver a recuperar la relación con algunos de tus antiguos amigos del colegio por internet —continuó.

—¿Por qué querría hacer eso, mamá?

—Para divertirte. No sé.

—Ya me divierto mucho —contestó.

—Vale —levantó la mano y se fue—. Tengo que ir a pagar las facturas.

Solomon se preguntó si algún día tendría que pagar sus propias facturas. No tenía intención alguna de volver a salir de casa, nunca, pero ya con dieciséis años se empezaba a sentir culpable por estar siempre allí... y por planear quedarse para siempre. Sus padres no eran de los que se quedan quietos y se hacen mayores. Sabía que querían viajar o quizá incluso mudarse a otro sitio después de jubilarse. Algunos días, sobre todo cuando su madre tenía la ligera impresión de que Solomon había mejorado aunque fuera lo más mínimo, sentía que era el problema más grande del mundo en la vida de sus padres. No quería que su cura fuera una cadena perpetua.

Solomon volvió a sus deberes cuando su madre salió de la habitación. Sin embargo, de vez en cuando se conectaba a internet e investigaba. No se perdía mucho del mundo exterior..., bueno, quizá los centros comerciales, con esas tiendas de música tan organizadas y relajantes, y algunos de sus restaurantes favoritos, claro. Ah, y también echaba mucho de menos el olor de la calle cuando estaba a punto de llover y la manera en la que caían las gotas sobre su rostro, aunque había sido capaz de disfrutar de esto último alguna vez al sacar el brazo por la ventana cuando llovía. El agua lo calmaba. No sabía por qué, pero le ayudaba. Se tumbaba en la bañera durante una hora o más, con los ojos cerrados, concentrándose en el ruido del desagüe. Y eso lo aislaba de todo, de cualquier cosa que le pusiera peor, de cualquier pensamiento en bucle. Sabía que cuando eso ocurría, tenía que cerrar los ojos, contar hasta diez e inspirar y espirar despacio, pero eso no funcionaba tan bien como el agua.

Así que, durante semanas y en secreto, había estado reuniendo el valor suficiente para pedirles a sus padres una piscina. Pero ¿cómo iba a mencionarles siquiera la idea si no podía prometerles que iba a salir de casa? Pensaba que, quizá, cuando pusieran la piscina se sentiría preparado, ya que no es que tuviera un miedo especial al exterior: lo que le asustaba era el posible caos que le esperaba tras el jardín. Además, podría correr sin problema, ya que correr en una cinta era muy aburrido. Es que cuando tienes miedo a morir haces lo que sea que te mantenga sano y salvo, y la piscina le vendría bien. Durante semanas, había fantaseado con la idea de levantarse cada mañana y empezar el día con un largo baño y, aunque odiara reconocerlo, incluso a sí mismo, se imaginaba los rayos del sol tostando su piel, quitándole ese aspecto de muerto viviente. En medio de su soledad, Solomon no era inmune a la superficialidad. No sabía por qué le preocupaba su aspecto, pero lo hacía. Por lo menos, esperaba que eso fuera una señal para que sus padres pensaran que su vida era algo normal y no una declaración en contra de la civilización.

Solomon esperaba que si sus padres se daban cuenta de que la piscina era algo bueno, le darían permiso, pero sentado enfrente del ordenador, pensando en cómo hacerlo, empezó a ponerse nervioso. No quería malgastar el dinero ni mucho menos, pero sobre todo no quería ilusionarlos para después decepcionarlos. Se apartó del ordenador y se inclinó hacia delante, apoyando los codos sobre las rodillas y dejando caer la cabeza todo lo que pudo.

Así empezaba siempre. Todo iba bien y de repente la angustia le invadía, como si se le derrumbara el pecho. Notaba cómo su corazón chocaba contra la caja torácica, como si quisiera salir: se aceleraba con cada latido y se extendía por los brazos hasta las sienes. Vibraba, y todo lo que veía a su alrededor se movía de un lado a otro, como si fueran fotografías lanzadas al aire frente a él, y después de los temblores de aquel terremoto, lo único que podía hacer era concentrarse en respirar, cerrar fuerte los ojos y contar.

Cada número estaba asociado con una imagen. Se veía a sí mismo en la puerta trasera, mirando la nueva piscina, con sus padres detrás de él. Y entonces veía las miradas de decepción en sus rostros cuando se daban cuenta de que se había quedado paralizado y que todo aquello no había servido de nada.

Cuando llegó a cien, se levantó y cerró el portátil. Necesitaba un respiro. No podía pensar más en la piscina, no podía pensar en lo que significaba la piscina, para él o para ellos. No podía hacer nada que no fuera ir al garaje, tumbarse en el suelo frío de cemento y cerrar los ojos, de nuevo. Los ataques de pánico lo dejaban agotado, como si hubiera corrido una maratón, por lo que siempre le llevaba un ratito recuperarse. De modo que se sentó allí, en la oscuridad, sin que supieran que no estaba bien, porque si algo había aprendido durante todo este tiempo era que cuanto mejor pensaran que se encontraba, más tiempo podría seguir viviendo de esa manera.

SEIS
LISA PRAYTOR

Una semana después de su primer encuentro, Lisa regresó a la clínica de la doctora Reed para que le pusiera el empaste. Había escrito una carta y se la había metido en el bolsillo de la sudadera dentro de un sobre azul clarito. Primero haría eso, y si no conseguía acercarse a Solomon, pensaría en otra manera. Estaba totalmente segura de que podía convencer a la doctora Reed de que su hijo necesitaba un amigo, pero la carta lo adelantaría todo, o eso esperaba.

A pesar de haber pasado un largo día en el instituto, con tres exámenes y una reunión del Consejo Escolar, Lisa todavía mantenía un ritmo de energía que nadie en la clínica dental era capaz de seguir. Aquel no era su comportamiento habitual, era más parecido al de una sabelotodo con problemas de autocontrol, pero era lo bastante inteligente como para saber que se atrapan más moscas con miel, así que esta versión alegre y curiosa de ella misma parecía la mejor forma de encandilar a la doctora Reed.

Ya sentada en la butaca, se puso a charlar con la higienista dental, Cathy, que ordenaba algunas herramientas, pero sus ojos continuaban desviándose hacia la foto familiar que colgaba de la pared al lado de la ventana: la de Solomon Reed, que seguía igual que la última vez que lo vio, solo que seco y sin hiperventilar. Se preguntó cómo estaría ahora, ya que era consciente de lo que pueden hacer tres años en la vida de un adolescente. Tres años antes, Clark era un regordete de segundo de secundaria con problemas de acné, y míralo ahora.

—Bueno, Lisa, ¿preparada para el empaste? —preguntó la doctora Reed, entrando en la sala y sentándose al lado de la butaca.

—Adelante —contestó Lisa—. ¿Cómo va la vida?

—Va bien. Igual que la semana pasada. Muy ocupada.

No le dejó tiempo para contestar, pues rápidamente le pidió que abriera la boca y le puso la anestesia. Valerie Reed era una mujer hermosa. Tenía líneas de expresión alrededor de los ojos y de la boca, pero de esas que te hacen envidiar lo que sea que las haya puesto ahí. Lisa esperaba una mujer dura, quizá amargada como madre que era de un chico problemático, pero Valerie Reed era todo lo feliz que podía.

—¿Cómo es él? —preguntó Lisa, con la mitad de la cara adormecida.

—¿Quién? ¿Solomon? Dios. Es... *Solomon.*

—Ah. Bueno, ¿qué le gusta hacer?

—Le gusta ver la televisión y leer libros. Es como su padre.

—¿Cómo es que esa es la foto más reciente que hay por aquí? —preguntó.

—No sé, Lisa. No nos hacemos muchas fotos en casa, y creo que tengo la suerte de tener al único adolescente del planeta que no se hace *selfies* constantemente.

—Es por la inseguridad —dijo Lisa—. Yo tampoco me los hago. A lo mejor Solomon y yo somos demasiado maduros para nuestra edad.

—Tiene sus ratos.

—¿Podrías darle esto? —Lisa sacó la carta—. Sé que puede parecer raro, pero creo que le podría gustar. Puedes leerla tú primero si quieres.

La doctora Reed miró el sobre y sonrió con cierta suficiencia, como si no le sorprendiera que Lisa hubiera escrito aquello.

—No, no. No tengo por qué hacer eso. Se la daré. No te puedo prometer que la conteste, pero sí que se la daré.

—Muchas gracias.

Mientras la doctora Reed le empastaba el segundo premolar inferior, Lisa cerró los ojos y dejó que su mente vagara con el sonido del torno dental ahogando todo el ruido de la clínica. Pensó en el solitario de Solomon Reed, en casa, él solo, sin tener ni idea de que estaba a punto de cambiarle la vida. Y aunque tenía en la boca unos cuantos dedos y un tubo de succión, Lisa sonrió.

Cuando llegó a casa, Clark estaba esperándola en la entrada con un batido de leche en la mano. Hacía cosas como esas todo el tiempo, pero aún le sorprendía.

—No puedo sentir la mitad de la cara —dijo, al salir del coche.

—¿Puedes sentir esto? —dio un paso adelante y le dio un golpecito en la mejilla.

—Nah.

—Qué raro. Nunca he tenido una caries, así que no sé cómo va.

—Sí, sí. Dame mi batido.

—Ah, ¿este batido? No, es mi batido.

Dio un sorbo y después se lo puso por encima de la cabeza, donde ella no podía alcanzarlo. De todos modos, era muy alto, medía un metro ochenta y cinco, y cuando subía los brazos Lisa no tenía nada que hacer. Así que fue directa a su mayor debilidad: las axilas. Las cosquillas le ponían malísimo, consecuencia de ser el pequeño de sus hermanos. Prácticamente, le tiró el batido encima para que parara.

—Mala —dijo—. Eres mala y fría.

—¿Ya podemos entrar? Creo que la lidocaína me está dejando grogui.

En su habitación, Lisa terminó las tareas mientras Clark hojeaba una revista y le hacía compañía. Él también tenía tareas, pero era de los que decía que se levantaría por la mañana pronto para hacerlas y después se las pedía a algún compañero para copiárselas. Era listo, pero no tan listo como guapo. Y no tan listo como deportista. El waterpolo era su vida, pero la temporada había terminado y ahora pasaba la mayor parte de su tiempo libre con Lisa, tanto que ella empezaba a preguntarse dónde narices estaban todos sus amigos.

—¿Dónde narices están todos tus amigos? —masculló Lisa.

—¿Los chicos del equipo? No lo sé. Con sus novias, supongo.

—No has salido mucho con ellos últimamente, ¿no?

—Seguro que no me he perdido gran cosa —dijo—. Solo beben cerveza y hablan de sexo, como supondrás.

Así que Clark se aburría con sus amigos. Eso tendría mucho sentido, teniendo en cuenta que la mayoría eran bastante pelmazos. Lisa era más de tener un único mejor amigo y le costaba encajar con los compañeros de Clark y con sus novias, pero aquella era la primera vez que se daba cuenta de que Clark, probablemente, se sentía igual que ella.

—¿Cómo va la redacción? —preguntó.

—Despacio —contestó.

—¿Vas a escribir al final sobre tu primo?

Lisa quiso contarle lo de Solomon. Era capaz de seguir con la mentira, pero había dejado libre la primavera y el verano para pasar tiempo ayudando a Solomon y así asegurarse de que tendría algo que escribir, algo lo bastante innovador como para conseguir la beca. Además, Clark confiaba en Lisa e incluso aunque creyera en serio que su plan era poco ético, nunca intentaría convencerla de que no lo hiciera. O, al menos, no lo conseguiría.

—Oye, ¿te acuerdas de aquel chico del que te hablé? ¿El que se metió en la fuente en segundo de secundaria? —preguntó.

—Sí —respondió—. ¿Qué pasa con él?

—Lo he encontrado.

—No sabía que lo estabas buscando.

—No lo buscaba, eso es lo más raro de todo. Mi nueva dentista es su madre. No me di cuenta hasta que vi una foto de él en su clínica. Es de locos, ¿verdad?

—Totalmente. ¿Dónde ha estado?

—En casa.

—Ah. Qué coñazo. Esperaba algo más dramático.

—Solo ha estado en casa —dijo ella—. En ningún otro sitio.

—¿Desde segundo de secundaria?

—Sí.

—Qué raro. ¿Qué crees que le pasa?

—Bueno, muchas cosas, seguramente. No te escondes en casa si no te pasa nada. Su madre dice que tiene ataques de pánico, como el de la fuente, que supongo que le van poniendo cada vez peor. Así que, preliminarmente, diría que tiene un trastorno de ansiedad que contribuye a un caso persistente de agorafobia. No me sorprendería si tuviera tendencias obsesivo compulsivas también.

—Qué triste.

—Voy a preguntarte algo, y quiero que seas totalmente sincero conmigo, ¿vale?

—Vale…

—Quiero conocer a Solomon Reed. No sé por qué, pero necesito hacerlo. Creo que sé cómo hacerlo.

—Vale —rio—. Eso no… me lo esperaba.

—Es que…, ya sabes…, he pensado mucho en él y quiero saber si está bien, necesito comprobarlo por mí misma.

—Lisa, ni siquiera lo conoces.

—Ya lo sé. Pero ¿y si puedo ayudarlo, Clark? Esto es lo que quiero hacer en la vida y siento que si dejo pasar una oportunidad así…

—No soy tonto —le interrumpió—. Esto es por la redacción, ¿verdad?

No dijo nada, pero asintió con la cabeza y bajó la mirada, temerosa de ver el descontento en sus ojos.

—¿Cuánto tiempo llevas planeando esto? —le preguntó.

—Semanas —confesó—. Lo siento. No quería darle importancia si no iba a más, pero su madre le va a dar una carta que le he escrito. Con suerte, me contestará.

—¿Una carta? ¿Le has escrito una carta? ¿Quién eres, Lisa? Dios mío.

—Es importante para mí, Clark. Puedo ayudarlo.

—A mí nunca me has escrito una carta.

—Ah, venga ya. ¿Estás celoso? Enciérrate en una casa tres años y te escribiré una.

—Esto no es divertido —dijo él.

—Un poco sí. Sé que suena fatal, pero puedo ayudarlo. Lo necesito y él me necesita. No es solo por la beca, pero dime que lo deje y lo dejaré.

No iba a parar a Lisa de ningún modo, y ella lo sabía. Y difícilmente podía esperar que tuviera celos de Solomon, más aún después de haber sido tan sincera. Sabía que era raro que intentara acercarse a él de esa manera, pero también sabía que había mucha gente en el mundo que se arrepentía de no hacer las cosas que creían que estaban bien simplemente por el miedo a que parecieran raras o de locos. Lisa no se conformaba con ese tipo de existencia tan mediocre, atada a unas convicciones sociales invisibles. Y tenía el presentimiento de que Solomon Reed valoraría aquello.

SIETE
SOLOMON REED

Solomon nunca había recibido una carta antes. Jamás. Después de todo, estaban en el 2015, y aunque hubiera sido más sociable o no se hubiera pasado un quinto de su vida encerrado, podría no haber recibido ninguna. Así que cuando su madre le dio el sobre azul con su nombre escrito en él, la miró como si le hubiera dado un teléfono de esos que marcabas con el dedo girando un dial.

—¿Qué hago con esto? —preguntó.

—Leerlo, tontorrón —contestó, poniendo los ojos en blanco al marcharse.

Solomon rasgó el sobre, sacó la carta, la desdobló y miró por la cocina, como si le estuvieran gastando una broma o algo.

Leyó:

Querido Solomon:

No me conoces y dudo que hayas oído hablar de mí, pero me llamo Lisa Praytor y quiero ser tu amiga. Sé que suena ridículo. ¡Lo es! Sin embargo, también sé que no puedes vivir sin perseguir aquello que quieres y, por lo que sea, esto es lo que quiero ahora mismo en mi vida: ser tu amiga. Te vi el último día que fuiste al colegio. Te vi y pasé miedo por ti. Si aún estás leyendo esto, quiero que sepas que he pasado años intentando descubrir por qué aquel chico saltó a la fuente esa mañana en el instituto Upland. Entonces, por algún milagro divino, resulta que mi nueva dentista es tu MADRE. Este universo nos manda señales de vez en cuando y, te lo creas o no, esto significa algo. Sé que tu situación es distinta; sé que has elegido vivir de una manera diferente y lo respeto. Así que espero que al menos pienses sobre esto, sobre tener una amiga aquí fuera. Yo podría serlo y estoy segura de que, como mínimo, conseguirías hablar con alguien que no sabe lo que significa la palabra «fideicomiso».

Con cariño,
Lisa Praytor
909-555-8010

—No necesito un amigo —dijo en voz alta.

—¿Estás escuchando voces, Sol? —se burló su madre desde la otra habitación.

Solomon salió con la carta en la mano y se quedó mirándola. Ella sacudió ligeramente la cabeza en un intento de aguantar la sonrisa.

—Pasará lo mismo que con Grant —dijo—. ¿Para qué voy a molestarme?

—Cariño, Grant era un estúpido.

—Era normal —le defendió Solomon—. No sé cómo estar con gente así.

—¿Quieres decir que soy rara? ¿Que tu padre es raro?

—Lo digo en serio, mamá —contestó—. ¿Qué se supone que tengo que decirle? ¿De qué vamos a hablar? No voy al instituto. No voy a ningún sitio.

—Tu problema es que nunca has tenido un amigo de verdad, Sol —dijo—. ¿Por qué no le das una oportunidad?

—No —respondió, dejando la carta y volviendo a su habitación.

Una hora más tarde, Solomon seguía tumbado en el suelo mirando al techo. Habían construido la casa en los setenta, así que el techo mantenía ese brillo dorado mezclado con el gotelé. A Solomon le gustaba contar las motitas brillantes, pero nunca conseguía pasar de las cien sin que sus ojos se nublaran y, al pestañear, parecieran estrellas de verdad, como si alguien hubiera arrancado el tejado y pudiera verlas de nuevo.

No estaba del todo seguro de si quería una amiga. Algunos días se sentía solo, claro. Siempre estaba callado, pero eso era algo a lo que se había acostumbrado hacía tiempo. Además, como decía su madre, llevaba mucho tiempo sin tener un amigo de verdad, así que ¿qué sabía él sobre ser uno? Una birria. Eso sabía. En el colegio no había encajado, así que ¿cómo iba a sentirse con alguien cuya vida estaba ahí fuera cuando él era un completo extraterrestre? Lo que más le asustaba era que después de haberse escondido durante tanto tiempo era imposible que lo volvieran a encontrar.

Para colmo, a Solomon le incomodaba todo aquello. Básicamente, había recibido la carta de una acosadora y parecía que su madre quería celebrar una fiesta. No sabía si podía confiar en ella en asuntos como ese, quizá solo trataba de presionarle para que saliera de casa otra vez. Su padre, sin embargo, siempre sabía qué decir.

—Papá —dijo Solomon, entrando al salón.

—Aquí está. Han Solo en persona. Rebelde sin causa.

—¿Te ha contado mamá lo de la carta?

—Me la ha leído.

—Ya imagino —contestó Solomon.

—Raro, ¿no?

—Muy raro.

Solomon se sentó en el sofá y cogió la carta de la mesilla del centro. Volvió a leer las primeras líneas antes de mirar a su padre con preocupación.

—Qué dilema —dijo su padre—. Por una parte, parece bastante sincera. Por otra…

—¿Puedes confiar en alguien que manda cartas a completos extraños para ser su amiga?

—Exacto. Pero tu madre dice que no tienes nada que perder.

—Ya, sí, pero eso no es verdad. Tengo mucho que perder. Me gusta esto, papá. De esta manera. Sé que soy el único que lo ve así, pero podríais al menos entender que traer a alguien nuevo aquí, alguien que lo cambie todo, podría volverme loco de nuevo.

—Tú no estás loco. No digas eso.

Solomon sabía perfectamente que la palabra «loco» era la manera más eficaz de que su padre se pusiera serio. Jason era capaz de meter un chiste malo en cualquier conversación. A Solomon esto le encantaba, casi siempre, pero no cuando necesitaba ayuda.

—Dime qué hacer, papá. Por favor.

—Consúltalo con la almohada —dijo.

—Tengo miedo de no saber hacerlo.

—No sé entonces, Sol. ¿Qué haría el robot?

—Es un androide, pero tú eres un genio, papá —dijo, levantándose del asiento.

—¿Has sacado eso de tu madre?

Aquel robot no existía, claro. Era Data, el personaje de *Star Trek: La nueva generación* (o *STLNG*). Solomon había visto, por lo menos, nueve veces cada episodio de los buenos de *STLNG* y tres veces los que no eran tan buenos, más o menos, dependiendo de lo malos que fueran. Así pues, sabía dónde encontrar buenas respuestas. Y sí, la serie le había dado respuestas muy buenas a preguntas de la vida. Cuando solo puedes hablar con tus padres o con tu abuela, descubres otras maneras de aprender, y Solomon, por razones que para él sí que tenían sentido, había encontrado su brújula en una serie de los noventa.

Después de apoltronarse en su sillón favorito con una cantidad alarmante de caramelos, Solomon vio ocho capítulos del tirón. Era bastante obvio por qué Solomon se sentía tan identificado con Data: era un personaje que, como androide, vivía al margen de la humanidad. Por este motivo, Data siempre encontraba la manera de decir algo inteligente y dolorosamente sencillo sobre la existencia. Era el héroe de Solomon mucho antes de dejar de salir a la calle.

Cuando llegó a la mitad del octavo episodio, Solomon encontró lo que había estado buscando. En él, todos creen que dos personajes han muerto después de un enfrentamiento con otra aeronave. Entonces, el teniente comandante Data cuenta que Geordi, uno de los personajes que se cree muerto, siempre lo trató de la misma manera de la que trató a todos los demás, lo aceptó tal y como era. Y eso, concluyó Data, era amistad verdadera.

Quizá no se había dado cuenta antes, pero cuando Solomon lo escuchó entendió por qué le daba tantísimo miedo Lisa Praytor: como Data, no quería que le trataran de una manera diferente.

Sin embargo, ya sabía que tenía miedo, así que las sabias palabras de Data solo le ayudaron a confirmar que no era tan valiente como para invitar a Lisa a casa. Quizá necesitaba a alguien más inteligente que Data, aunque le costara admitirlo. Necesitaba a su abuela, que, afortunadamente, iba a ir a casa a cenar. No era como el resto de abuelas, eso ya lo sabía. Para empezar, era muy joven. Tuvo a Jason, su único hijo, con veinte años. Eso ocurrió poco después de irse del pueblo de Luisiana para mudarse a Los Ángeles y convertirse en actriz. Un anuncio y una boda en Las Vegas después, se fue desde Hollywood hasta un barrio residencial llena de optimismo, convertida entonces en ama de casa, y le encantó. Ahora, con sesenta y tantos, conducía el deportivo que siempre había querido y actuaba como la estrella que nunca había sido. Cuando el abuelo de Solomon murió en los años ochenta, le dio por meterse en el mercado inmobiliario, y para cuando Solomon nació ella ya tenía un imperio. Si pudiera salir de casa, vería su rostro en los anuncios de todos los jardines de Upland.

—¡Esto es MARAVILLOSO! —gritó nada más leer la carta, con su acento del sur marcando cada palabra.

—¿Maravilloso?

—Sí. Me recuerda a mí. Sabe lo que quiere y va a por ello.

—Pero ¿por qué me querría a mí? Quiero decir, ¿por qué querría ser mi amiga?

—Mírate. Yo sería tu amiga si no tuviera un pie en la tumba.

—Tú eres mi amiga, abu.

—Bueno, pues ahí lo tienes entonces.

—No creo que eso me ayude —dijo.

—¿Te preocupa que sea una broma o algo? ¿Que algún cabrón te la esté intentando colar?

—No —contestó, riéndose—. No digas *cabrón,* abuela.

—Conozco a mucha gente de este pueblo, Solomon. Y muchos de sus niños son mierdecitas mimadas. No me sorprendería ni un poco.

—Nadie sabe que existo.

—¡Esa chica sí! —gritó—. Así que, ¿esto es todo, Solomon? ¿Tú, tus padres, el repartidor de pizza y yo durante el resto de tu vida? Me parece bien que te quieras quedar aquí todo el tiempo, pero al menos deja que alguien entre. Si pasa algo, no dejaré que se te vaya la cabeza y nos mates a todos.

—¿Eso crees que voy a hacer? ¿Mataros?

—A mí no. Tengo una maza en el bolso. Nunca sabes qué tipo de personajes pueden comprar una casa.

—Eh…, ¿qué?

—Invítala, Sol. Haz algo diferente, a ver qué pasa. Maldita sea, yo lo haría. Cuando llegas a mi edad aprendes a decir que sí, aunque tengas miedo.

—Me lo voy a pensar —dijo—. Papá me dijo que lo consultara con la almohada.

—Tu padre era un niño muy retraído, ¿lo sabías? Nunca te diría que te lo pensaras. Solo está siendo amable.

—No soy un retraído.

—Aún no —dijo—, pero todavía eres joven. Será cada vez más duro cuando crezcas. Nadie querrá salir a divertirse con un viejo huraño que vive con sus padres.

—Por Dios, abuela. Relaja un poco, ¿no?

—Estoy intentando ayudarte, pero, bueno, ¿qué hay de nuevo? ¿En qué estás trabajando?

Atravesó la habitación y abrió el ordenador. En la pantalla había muchas cosas que no quería que viera su abuela y, sorprendentemente, una página web sobre piscinas estaba en el número uno de esa lista.

—Por favor, no se lo digas —le dijo—. Todavía no.

—¿Quieres una piscina? —le preguntó, sin poder contener la emoción.

—No lo malinterpretes, por favor. Es que echo de menos el agua.

—La piscina está *fuera,* Solomon. ¿Cómo no voy a estar feliz?

Se echó encima de él y lo abrazó por el cuello. Él no movió un músculo y esperó a que parara y dejara de zarandearlo de un lado para otro. Cuando lo hizo, tenía lágrimas en los ojos.

—Justo por esto no estoy preparado todavía para decírselo —dijo—. Demasiada presión.

—Yo te la compro, Solomon —dijo—. Consigue que te digan que sí y yo te construiré la mejor piscina de Upland.

—Esto no quiere decir que salga fuera —matizó—. O sea, quiero hacerlo, pero no lo puedo prometer.

—Pero tienes que hacer algo por mí, ¿vale? —planteó, arqueando una ceja.

—No —dijo, negando con la cabeza—. ¿En serio?

—Una visita —propuso—. Deja que la pobre chica venga una tarde y al menos así ves si te gusta. De todas formas, conseguirás lo que quieres. Y lo que puedes conseguir es una amiga con la que compartir esa piscina.

Le besó en la frente y se fue de la habitación. Cuando llegó a la cocina, Solomon la escuchó hablar tan claro como el agua, como si nunca hubiera salido del cuarto. Así que prestó atención durante un rato para asegurarse de que no contara su secreto. Se podía confiar en ella, pero a veces su ansia de cotilleo se interponía en el camino y él le acababa de dar el mayor notición en la familia Reed de los últimos tres años.

—¡Sol! —gritó su madre desde la cocina—. ¡Teléfono!

Solomon se sentó y se quedó mirando al teléfono desde su escritorio. Todo el mundo que conocía estaba en el salón de la parte de abajo, así que ¿quién narices esperaba que cogiera el teléfono?

—¿Sí? —preguntó, titubeando.

—¿Solomon? —La voz de una chica sonó desde el otro lado—. ¿Eres tú?

—Sí.

—Lisa Praytor. ¿Recibiste mi carta?

Solomon apartó el teléfono un segundo y respiró hondo tres veces.

—¿Hola? —preguntó—. ¿Sigues ahí?

—Sí —dijo, en voz quizá demasiado alta—. Recibí tu carta. Gracias.

—De nada. —Sonaba aliviada y también muy nerviosa—. Espero que, no sé, no te asustara demasiado o algo.

—Solo un poco —corrigió—. No mucho.

Solomon llevaba mucho tiempo sin hablar con alguien tan joven y no estaba del todo seguro de lo que estaba haciendo. Se sentía obligado a decir cosas como «guay», «mola» o «no te rayes», así que le alivió bastante el hecho de que ella apenas le dejara hablar.

—Bueno, siento llamarte así, pero quería saber si habías recibido la carta y que supieras que me parece bien lo que sea que decidas. También tengo que decirte que soy lo peor como amiga. Puedes preguntarle a mi mejor amiga, Janis Plutko. ¿Quieres su número?

—No..., gracias. Yo...

—Ay, no. Estás flipando ahora mismo, ¿verdad? Es que a veces me pongo muy nerviosa con algunas cosas. Clark dice que me pongo nerviosa con todo, incluso con las cosas que me molestan. ¿Qué tipo de cosas te molestan a ti, Solomon?

—Uhm... No sé...

—¿Sabes qué? Lo siento. No debería haber llamado. Evidentemente, te he pillado en mal momento. Si me quieres llamar más tarde o...

—¿Puedes venir el miércoles? —la interrumpió.

—¿Este miércoles? Claro que puedo.

—Genial. La dirección es 125 Redding Way.

—La tengo. ¿Qué tal después de las tres de la tarde? ¿Estás libre a esa hora?

—Siempre estoy libre —contestó—. Así que sí.

—Perfecto. Gracias, Solomon. Te prometo que no será raro, lo pasaremos bien. Puede que un poco raro, pero raro en un sentido divertido. *Divertido*. Céntrate en la parte divertida.

—La parte divertida, sí —dijo—. Lo haré.

—Hasta el miércoles, entonces —se despidió.

—Vale. Adiós.

Colgó y corrió al cuarto de baño del pasillo. Se arrodilló en el frío suelo de linóleo y se quedó mirando la taza del inodoro. Podía ver el reflejo de su cara que le devolvía la mirada mientras respiraba honda y profundamente. Verse a sí mismo en el agua del váter no era la mejor manera de estar seguro sobre la decisión de invitar a Lisa, pero ¿qué podía hacer ya, de todos modos?

No se perdió la cena, pero casi, así que tuvo que contar y respirar y sentarse en el suelo del baño por si acaso se ponía peor. Pero no, su corazón se calmó, el aire se puso más denso y se levantó. Caminó hacia el lavabo, se echó un poco de agua en la cara y salió al pasillo, con las gotas de agua resbalando por las mejillas y por el cuello y con el pelo pegado a la frente.

Justo antes de que doblara la esquina del salón, escuchó por casualidad a su abuela yéndose de la lengua con lo de la piscina, tal y como había imaginado. En cuanto lo vieron, todos lo miraron al unísono. Entonces él asintió con la cabeza y todos sonrieron.

—Será mejor que compréis un bañador a este chico —dijo la abuela.

OCHO
LISA PRAYTOR

Solomon no parecía tan herido y frágil como Lisa había pensado. Parecía un poco nervioso, pero no más que cualquiera que recibiera una llamada telefónica de un completo extraño. Su primer pensamiento fue de alivio: quizá fuera más fácil ayudar a este chico de lo que esperaba. Sin embargo, sabía que antes de conocerlo no podía dar nada por sentado. Además, le había dicho que sí. No tenía ni idea de por qué alguien que había recibido una llamada así accedería a quedar con ella, pero lo había hecho y ahora ella estaba a punto de convertirse en lo mejor que le había pasado.

Quería contarle las buenas noticias a Clark, que estaba en el apartamento de su padre en Rancho Cucamonga, donde pasaba, de acuerdo con la sentencia del juez, el cincuenta por ciento de su tiempo. Harold Robbins era abogado fiscal y tan aburrido como parecía. Sin embargo, haría cualquier cosa por sus hijos y Lisa lo adoraba. Llamó a Clark y lo cogió al primer tono.

—Clark Robbins, a su servicio.

—Estoy dentro.

—¿De dónde?

—Solomon ha dicho que sí. Voy a ir el miércoles.

—Ah, ¡guau! Eso es genial.

—Sí. He esperado todo el día para llamarle, pero después decidí que no podía esperar más.

—Espera… ¿Le has llamado? Lisa, está claro que el chico quiere que le dejen tranquilo.

—Bueno, cogió el teléfono e imagino que habría colgado si no quisiera escuchar lo que tenía que decirle.

—Punto para ti, supongo. Bueno, ¿qué tal es?

—Normal —dijo—. Le pillé un poco por sorpresa, pero es lógico, ¿no?

—¿Así que te has autoinvitado a su casa?

—No, ¿puedes confiar un poco más en mí? Fue idea suya.

—¿Así que ahora me tengo que sentir bien porque otro chico te haya invitado a su casa?

—Hum… Los dos estamos marcándonos buenos puntos hoy.

—Hablo en serio, Lisa. Tienes que tener cuidado.

—Siempre tengo cuidado.

—¿Quieres venir a casa? —le preguntó, con un punto de derrota en la voz—. Puedes pasar algo de tiempo conmigo antes de que conozcas a tu nuevo novio.

—Claro. He de estudiar para el examen de Cálculo de mañana, pero me encantaría tener una excusa para retrasarlo.

—Qué bonito. Tenemos palomitas y Netflix. Trae golosinas.

—No voy a ver una película de guerra —dijo con firmeza—. Si la pones, me voy.

La mañana siguiente, después de bordar otro examen y ser la primera de la clase en terminar, Lisa pasó el recreo en la biblioteca del instituto leyendo sobre la agorafobia. Ya sabía algunas cosas, como que es el resultado de trastornos de pánico. Sabía que Solomon intentaría defender sus elecciones y quizá argumentar que era lo mejor para él, que reducir el estrés del mundo exterior lo ayudaba a mantenerse más sano, y le parecía bien, pero creía que existía una línea muy fina entre aceptar los miedos propios y ceder ante ellos, así que estaba decidida a ayudarlo a superarlo. No sería fácil, sobre todo fingiendo ser su amiga en vez de su terapeuta, pero sabía que se lo acabaría agradeciendo, en secreto o no.

También sabía que no podía ir allí y empezar la terapia conductista cognitiva el primer día. Tenía que ser sutil. De todos modos, era un nuevo tipo de terapia, no era un tratamiento curativo consistente en conversaciones sin fin para descubrir pequeños logros emocionales. Se trataba de ofrecerle una amiga que, con suerte, le hiciera querer intentar estar mejor. Su redacción iba sobre su experiencia con las enfermedades mentales, después de todo, y si podía demostrar que su ingenio, compasión y paciencia eran suficientes para ayudar a alguien como Solomon, entonces quizá la gente de Woodlawn la cogiera. Estaba segura de que sería la única candidata lo bastante inteligente como para sacar algo así adelante. Quién sabe, quizá le dieran el título y pudiera así empezar antes la escuela de posgrado.

—¿Qué estás haciendo? —dijo Janis, acercándose sigilosamente por detrás.

—Ah, hola. Nada, investigo para el trabajo de Historia.

Lisa no iba a contarle nada a Janis sobre Solomon para que no le quitara la idea de la cabeza y para que respetara su privacidad. ¿Se sentía un poco culpable por llevarlo en secreto? Quizá, pero ya estaba decidida a que lo de la redacción saliera bien como para oír otra de las lecciones morales de Janis.

—Qué coñazo… —dijo Janis—. ¿Quieres que salgamos después de clase?

—No puedo, tengo que ayudar a la hermana de Clark con los deberes de Geometría.

—¿Te paga?

—El padre de Clark. Diez dólares la hora.

—Joder —exclamó Janis—. O sea, jolín.

Lisa sabía que ayudar a Solomon podría provocar ciertas tensiones en su relación con Janis, y también sabía que le quitaría tiempo con Clark, sin mencionar todas las horas que necesitaba para estudiar, para trabajar en el anuario y para presidir las reuniones del Consejo Estudiantil una vez a la semana, a veces dos, pero merecía la pena. Algunas personas se apuntan a lo imposible y esos son los que todo el mundo recuerda.

Había visto su casa antes, no porque lo acosara ni nada, sino porque de niña había estado en una fiesta de cumpleaños en la calle de enfrente. Cuando salió del coche, un gato naranja se cruzó como un rayo por la entrada. Le hizo dar un pequeño salto y estuvo a punto de tirar las galletas que había hecho para Solomon. Sí, le había hecho galletas.

—¡Mira! —soltó nada más abrirse la puerta, nerviosa, enseñando el plato cubierto con plástico con los brazos extendidos—. ¡Galletas!

—Hola —saludó él.

Estaba unos metros más atrás, pero se aproximó para coger las galletas y pudo mirarlo bien por primera vez.

Era guapo. Tenía el pelo negro y peinado para atrás y hacia un lado y sus ojos eran grandes y marrones, de esos que, con la luz adecuada, parecen un poco verdes. También era alto, mucho más alto de lo que esperaba; por lo menos, un metro ochenta y cinco. Le sonrió después de hablar, pero se le notaba lo nervioso que le ponía todo aquello.

—¿Ese es tu gato? —le preguntó, desde fuera.

—Ah, no. Es Fred. Es de los vecinos.

—Ah. Soy alérgica.

—Yo también —asintió ligeramente con la cabeza.

—¿Solomon? ¿Puedo pasar?

—Sí… Sí… Perdona. Dios. Adelante.

Se echó a un lado y la dejó entrar. Después, cerró la puerta con el pie y Lisa se preguntó si esa era la manera de cerrar su paso al exterior.

—Así que… Hum… —intentó Solomon—. La verdad es que no…

—¿Me haces un tour? —le interrumpió—. Puede que sea una buena manera de empezar.

—Vale, vale —aceptó—. Hum…, este es el recibidor, supongo.

—Es bonito —valoró ella.

Le enseñó el salón, el comedor, la cocina y la sala de estar sin decir mucho más. Aunque Lisa le hizo un montón de preguntas, él le contestó de la manera más breve que pudo.

—¿Cocinas mucho? —le preguntó.

—No, la verdad.

—¿Esa Xbox es tuya?

—No, es de mi padre.

—¿Puedo ver tu habitación?

—Claro.

En su dormitorio, de paredes vacías y brillantes, Solomon se sentó al borde de la cama y observó a Lisa caminando alrededor, inspeccionando las estanterías y todos los trastos que tenía desperdigados por el escritorio. Intentaba mostrarse indiferente, pero era difícil hacerlo sintiéndose así de observada.

—Te gusta leer, por lo que veo.

—Para pasar el rato.

—Sí, supongo que ayuda.

—Lisa —le dijo—, ¿puedo preguntarte algo?

—Claro. —Se sentó en la silla del escritorio.

—¿Por qué estás aquí?

—Sabes la respuesta —le dijo—, para ser tu amiga, pero vas a tener que hablar un poco más para que sea posible.

—Lo siento —le dijo—. No sé de qué hablar, la verdad.

—¿Puedes empezar por explicarme lo de estas paredes? Esto parece la habitación de un hospital.

Se rio. Y cuando se rio, Lisa respiró tranquila por primera vez desde que había cruzado la puerta.

—Es que me gusta así, supongo.

—Minimalista.

—¿Cómo?

—Minimalista —repitió—. Está muy de moda ahora mismo, de hecho.

—Ah —dijo, con un gesto de desdén—. Si hay muchas cosas, me siento aislado.

—Odiarías mi casa —aventuró ella—. Mi madre no soporta una pared vacía. Si tuviera buen gusto artístico, estaría bien, pero es que son todo gallos y cuadros baratos del supermercado. Hace unos años pasó por una fase de estampados de vacas al que casi no sobreviví.

Otra risa. Notaba, por fin, que empezaba a apreciar su sentido del humor. Además, parecía menos agobiado que cuando llegó. Las frases completas eran una buena señal.

—Puede que sea porque paso mucho tiempo dentro de casa —le explicó—. Imagino que me gusta pensar que mi habitación es un sitio infinito o algo así.

—Sí —contestó ella—. Eso me gusta. O tal vez sea que te apetece imaginar las cosas que pondrías.

—No —la corrigió—. Para eso está el garaje.

—Ah. Vale.

Unos minutos más tarde, mientras abría la puerta que le llevaba desde el lavadero al garaje, se quedó mirando seriamente a Lisa y después dejó que la puerta se abriera despacio y se hizo a un lado. Lisa pasó por el umbral y lo miró sin decir una palabra.

Habían pintado todo el garaje de un negro intenso y compacto y lo habían cubierto con cuadros de color amarillo claro. Era una de las cosas más extrañas que Lisa había visto en su vida y no tenía ni idea de lo que estaba mirando.

—¿Has visto alguna vez *Star Trek: La nueva generación*? —le preguntó, acercándose al centro de la habitación.

—Varias veces —dijo—. Mi novio lo ve. Ojalá todo el mundo del planeta tuviera la voz de Patrick Stewart.

—Que Dios te oiga.

Lisa cerró la puerta tras ella para ver si también la habían pintado para seguir el diseño de la habitación: el negro de los azulejos cuadrados, subrayado con aquellos haces de luz que cubrían no solo el suelo y las paredes sino también el techo.

—Esta es mi versión de una holocubierta —le explicó—. En la serie, bueno, en varias versiones de *Star Trek,* usan una habitación como esta para crear una realidad simulada para entrenar, resolver puzles, cosas como esas. Está bien, ¿verdad?

El hecho de que de repente le estuviera hablando de una manera tan espontánea la pilló un poco desprevenida. Los nervios habían desaparecido casi por completo de su voz. Para alguien que trabajaba muy duro por las cosas que quería en su vida, aquello significaba un nivel de entrega que Lisa supo apreciar, y tan solo podía pensar en lo mucho que le gustaría aquello a Clark.

—Bueno, entonces ¿qué haces aquí?

—Pues vengo aquí, me siento en el centro del suelo y pienso en cosas que me entretienen. Dicen que usar tu imaginación te hace vivir más tiempo.

—Sí que dicen eso —coincidió—. ¿Así que piensas en cosas y te imaginas que ocurren a tu alrededor?

—Claro —respondió—. ¿Nunca lo haces? ¿No imaginas que eres otra persona?

—Me imagino en la universidad —le dijo—. Todo el tiempo, de hecho. Lejos de Upland.

—Sí, es algo así. Excepto por la parte de la universidad. No creo que eso esté en mi futuro.

—Quién sabe.

—Sí, yo lo sé —le confirmó—. ¿Qué quieres estudiar?

—Medicina —le contestó—. No sé aún qué especialidad, pero ser la doctora Praytor es parte de mi sueño.

—No me extraña que le gustes tanto a mi madre.

—¿Puedo probar? —le preguntó, acercándose al centro de la habitación y sentándose.

—Ah…, hum…, claro.

—¿Qué hago? —le preguntó.

Se acercó y se sentó a su lado. Eso era lo más cerca que habían estado, sus rodillas casi se tocaban y notó cómo él se ponía un poco nervioso.

—Vale. Cierra los ojos —propuso—. O sea, si quieres.

Ella lo hizo y, en la quietud de la habitación, pudo escuchar su respiración.

—Vale. Ahora ábrelos —le sugirió. Y lo hizo. Y vio una habitación negra cubierta con cuadrados amarillos y un adolescente mirándola fijamente en medio de la oscuridad con una sonrisa en la cara.

—¿Qué? —le preguntó.

—¿Lo ves?

—¿El qué?

—Estamos en un campo. Es muy verde. Todo a nuestro alrededor. Hay una cometa en el cielo. ¿La ves? —señaló al techo.

Miró hacia arriba, sin ver nada que no fuera los cuadrados amarillos de esquina a esquina y después lo miró a él. Estaba fascinado por la habitación. Su expresión era como si el cielo se hubiese tragado la tierra. ¿Iba en serio ese chico? ¿Cometas? No le daba miedo, para nada, pero se dio cuenta de que quizá no podía ayudarlo.

—¿Lisa?

—Sí —contestó.

—Te estoy vacilando.

NUEVE
SOLOMON REED

Así era. La holocubierta del garaje no era un sitio donde se imaginaba escenarios elaborados e interactuaba con gente de mentira ni nada. Era un garaje pintado para parecerse a algo que a él le encantaba, y eso, por sí solo, era todo lo que necesitaba que fuera: un sitio al que ir cuando cerrar los ojos no fuera suficiente. Algunas veces, como aquella después del ataque de pánico que había tenido días atrás, era el único sitio donde podía desbloquearse e intentar resetear su mente.

—No es divertido —protestó ella, conteniendo la risa nerviosa.

—Los cuadros son de cinta amarilla, en realidad —le dijo—. Tardamos un siglo en hacerlo.

—Ah, mola —le dijo, tocando la cinta con los dedos—. ¿Traes a todas las chicas que conoces a esta habitación del terror?

—Qué graciosa —contestó, levantándose de un salto y tendiéndole una mano para ayudarla a levantarse.

—Gracias.

—Lo siento —le dijo.

Solomon y su familia tenían una manera especial de demostrarse cariño y normalmente implicaba reírse de las cosas más serias. Justo la semana anterior, había llamado «idiota» a su padre y él le había contestado con un simple y rápido «retraído», y no se lo tuvieron en cuenta. Eran así: lo bastante inteligentes como para reírse de ellos mismos antes de que alguien se adelantara.

—No te preocupes —le dijo, dándole un codazo.

Aunque era su codo y duró un segundo rapidísimo, fue algo extraño y emocionante para él. Sin darse cuenta, apretó con un dedo la zona del brazo donde le había dado mientras salían al salón.

—Gracias por el tour —le dijo.

—Por favor, pasa por la tienda de recuerdos a la salida.

—Te pareces a Clark.

—¿Imagino que ese es tu novio? —le preguntó.

—Sí. Llevamos juntos un tiempo.

—Nunca pensé que podría recordarle a otra persona a alguien.

Lisa se rio y movió la cabeza.

—Es un cumplido, por supuesto.

—¿Cómo es? Me juego lo que quieras a que no tiene una holocubierta.

—Bueno, juega al waterpolo. Es listo, pero no un sabelotodo. Su madre es una pesadilla, pero su padre mola. Están divorciados. Es alto, pero un poco más bajito que tú, creo. Acaba de terminar la temporada y está deprimido porque nadie le llama últimamente…, menos yo. He intentado hablar con él, pero no le gusta ponerse serio. Es un problema, lo sé, estoy en ello.

—Vale… Eso ha sido mucha información sobre Clark. Lo pillo.

—Además, esconde los cómics bajo la cama cuando vienen sus amigos. ¿No es una tontería?

Lisa buscó en su móvil y se lo acercó. Era una foto de ella y de Clark, arreglados, hecha el día del baile del instituto.

—Dime por qué alguien con este aspecto podría tener vergüenza de algo.

—Ni idea —respondió Solomon rápidamente, sin mirar apenas la pantalla—. Parece el típico chico popular de instituto. Yo me moriría allí, ¿verdad?

—Ves demasiada televisión —le dijo—. El instituto no es como crees.

—Pero un poco sí, ¿no? Esconde los cómics.

—Bueno, quizá un poco —aceptó—. Pero estarías bien allí, te lo aseguro.

—¿Hay fuente? —le preguntó, con expresión seria.

—No eres como imaginaba, Solomon Reed.

—Espero que eso sea algo bueno.

—Sin duda.

Le alegraba que no se quedara mucho más tiempo porque, a pesar de habérselo pasado bien, toda aquella charla y los intentos por decir cosas nuevas o preguntas le estaban dando dolor de cabeza. Se apoyó un segundo sobre la pared, intentando respirar para que se le pasara, pero no pudo. Entonces empezó a hiperventilar, se tropezó en el pasillo y caminó arrastrándose hacia la habitación, donde se tapó con las sábanas y esperó que pasara. Su cuerpo temblaba, tenía los ojos tan cerrados que le dolían. Fue breve, pero intenso. Después, Solomon se quedó allí escuchando su respiración hasta que volvió a su ritmo normal. A veces, es lo único que puedes hacer cuando eso ocurre: esperar hasta que el mundo deje de moverse. Hay una razón por la cual la gente confunde los ataques de pánico con ataques de corazón, y cada vez que le ocurría a Solomon una pequeña parte de él esperaba que su pecho explotara. Otras veces, se preguntaba si eso le haría mejorar.

—Así que, ¿cómo ha ido? —le preguntó su madre cuando llegó del trabajo.

—Bien —respondió—. Es simpática.

—Solomon —le dijo con dureza—, usa las palabras. Llevo pensando en esto todo el día. Me debería haber quedado en casa. Como nos dijiste que te dejáramos solo para esto, nunca…

—Lo siento —la interrumpió—. Sí, vino y le enseñé la casa. Hablamos un poco. No ha sido gran cosa, mami.

—¿Le enseñaste el garaje?

—Puede.

—Es algo que puedes ir enseñando a tus amigos poco a poco.

—¿Amigos? Mamá, no exageres. ¿Quién sabe si la volveré a ver otra vez?

—Eso me da igual —le dijo—, lo que es importante es si tú quieres verla o no otra vez.

Solomon estuvo pensando en ello lo que quedaba de noche. Solo por el hecho de ver a Lisa ya les había dado a sus padres mucha más esperanza de la que tenían hasta entonces. Así que ahora tenía dos opciones: podía negarse a verla de nuevo y romper sus corazones o podía seguir con esta cosa de la *amiga* y ver lo que ocurría.

La mañana siguiente, se levantó pensando que era el fin del mundo. Se lo había imaginado antes: las llamas cayendo del cielo desde su ventana con las noticias a todo volumen de fondo y los gritos de los vecinos y sus padres entrando a carreras en la habitación para abrazarlo una última vez. Pero nunca se había imaginado ese bramido que llegaba de todas las direcciones. Quizá fuera un terremoto, pensó, saltando de la cama y corriendo hacia la entrada. Esperó allí un minuto, la adrenalina le despertaba un pestañeo nervioso en los ojos, y poco a poco se dio cuenta de que la casa ni siquiera temblaba.

Salió del salón y antes de que cruzara siquiera las puertas correderas de cristal que le llevaban al jardín trasero pudo ver lo que estaba pasando. Había una excavadora haciendo un gran agujero detrás de su casa.

—Ni de coña —dijo en voz alta.

Ya no había vuelta atrás, ¿no? Había recibido pocas sorpresas en su vida y esta le había impactado. Se sentó en el borde del sillón y se inclinó hacia delante, poniendo la cabeza entre las piernas. Se tapó los oídos, cerró los ojos y se balanceó despacio siguiendo las puntas de los pies. Quizá no hubiera un terremoto, pero el mundo seguía vibrando y moviéndose a su alrededor. Sus pensamientos le apuñalaban como cuchillos y, de pronto, le empezaron a pesar tanto los hombros que no pudo evitar caerse al suelo. Se quedaba sin aire, sus pulmones no recibían el oxígeno necesario. Si hubiera habido alguien en casa, habría podido escuchar el ruido de una persona ahogándose en su propia respiración. Parecía que se estaba muriendo, y así lo sentía.

Unos minutos después, empezó a tranquilizarse. Cogió un vaso de agua en la cocina y se sentó en la encimera. Su mente todavía era un torbellino y le dolía el cuerpo, consecuencia de la falta de energía que seguía a cada ataque repentino como aquel. ¿Podría salir por ellos? ¿Sería capaz de salir fuera sin perder los nervios? ¿Se moriría?

Entonces pensó en Lisa. No tenía ni idea de lo que significaba para ellos, ¿verdad? Seguramente se sentiría como una extraña que estaba invadiendo su espacio personal y, sin duda, lo era, pero podía terminar salvándolos a todos. ¿Y que narices tenía que hacer si no quería volver? ¿Qué pasaría si una hora con él era suficiente para satisfacer su curiosidad? No le sorprendería ni un poco que no volviera a aparecer por allí, y ahora también se sentía mal por ello.

A la hora de comer, Solomon se puso a hacer los deberes en la mesa de la cocina, sin despegar el ojo del jardín trasero. Unas cuantas veces, había hecho contacto visual con alguno de los obreros e, inmediatamente, había agachado la cabeza como si nunca hubiera ocurrido. Aquel era su santuario y unas máquinas ruidosas y extraños con botas de trabajo lo estaban invadiendo.

Pensó en ir al garaje, pero la bombilla tenue no daba la luz suficiente como para poder resolver ecuaciones. Se fue al despacho de su padre, creyendo que habría silencio si cerraba la puerta. Entonces, nada más empezar, sonó el teléfono. Solo contestaba si eran sus padres los que llamaban o si reconocía el número, pero, a pesar de no ser el caso, Solomon tuvo el presentimiento de que era Lisa Praytor, así que lo descolgó.

—Hola.

—¡Solomon! —exclamó Lisa, con un ataque de entusiasmo.

—Hola —repitió.

—¿Qué tal? ¿Yo? Estoy de camino al salón de estudios para hacer unas fotocopias para el recaudador de fondos del Consejo Estudiantil. Esta es mi vida.

—Ah —dijo—. Yo estoy... haciendo los deberes, de hecho.

—¿Ah, sí? Ni se me había ocurrido. Supongo que solo haces tareas, ¿no?

—Sí —respondió.

—Mira, hum... ¿Cuáles son tus planes para el sábado por la noche?

—Lisa, ya hemos pasado por esto.

—Vale —se rio—. Bueno, ¿quieres compañía?

—¿En serio? Sí, claro que sí. Pero... no hay mucho que hacer por aquí.

—No hay sitios aburridos, solo gente aburrida —contestó ella, con aplomo.

—De acuerdo —accedió.

—Genial. Estaré allí sobre las seis, si te viene bien.

—Claro —le dijo.

—Estupendo. Hasta entonces, Solomon Reed.

—Adiós.

Así que quería volver. Una chica adolescente de verdad que podía pasar el tiempo haciendo todo tipo de cosas que los adolescentes normales hacen con otros adolescentes normales quería salir con Solomon Reed el sábado por la noche. Era suficiente para hacer que su estómago empezara a gorgotear y se quedara un poco grogui. No podía negarlo. Ahora tenía que ser completamente sincero: tenía una amiga. Y estaba aterrorizado.

DIEZ
LISA PRAYTOR

Como estudiante de primer año, Lisa había hecho y aprobado el único curso de nivel avanzado de Psicología del instituto Upland. De hecho, fue la alumna que mejor nota sacó en el examen de toda la secundaria. Pero se trataba de una simple introducción a la carrera de Psicología y ni por asomo cualificaba a Lisa como una psicóloga experta ni nada parecido. En pocos meses cumplía los diecisiete, solo, pero creía en sí misma más de lo que otros creían en Dios o en el diablo o en el cielo o en el infierno. Sabía que estaba en lo cierto, y no necesitaba un libro de texto que lo confirmara. Ahora, con la segunda sesión con Solomon en la agenda, estaba más segura que nunca de que podría sacarlo a él de aquella casa y a ella misma de Upland.

El viernes, después del instituto, corrió a casa a cambiarse de ropa y a coger algo de comida antes de ir a ver a Clark. No esperaba encontrarse a su madre, pero al aparcar vio su coche. Su madre trabajaba mucho y cuando no lo hacía intentaba pasar el menor tiempo posible en casa. Lisa daba por sentado que o bien la odiaba a ella o a Ron, su padrastro. De cualquier modo, allí estaba un día entre semana por la tarde antes de las cinco y eso era extraño. Cuando Lisa llegó, vio platos sucios en el fregadero y escuchó la televisión que llegaba desde la sala de estar a un volumen escandaloso. Intentó escabullirse sin que la escuchara, pero para cuando pasó junto al frigorífico su madre ya gritaba su nombre.

—¡Lisa! —chilló desde el salón—. ¿Eres tú?

—Sí, mamá.

—¡Ven aquí, cariño!

Al doblar la esquina, se encontró a su madre tumbada en el sofá, tapada hasta la barbilla con un edredón mullido. Lisa no era capaz de acordarse de cuándo había sido la última vez que había visto a su madre un día de diario.

—¿Estás bien? —le preguntó, cogiendo el mando y silenciando la televisión.

—Barruntando un resfriado, cariño —contestó—. Cuéntame algo. Me siento sola.

Lisa se sentó enfrente de ella en el sillón abatible que normalmente ocupaba Ron, el padrastro. Este llevaba días sin pasar por casa y Lisa no estaba del todo segura de lo que pasaba. Lo cierto es que se peleaban un montón, así que no le sorprendería que esta vez se hubiera ido para siempre, igual que hizo Tim, el padrastro, dos años antes. Lisa, además, notaba la diferencia entre estar triste y estar enferma.

—Un resfriado, ¿no?

—No me repliques, Lisa.

—No lo hacía —se defendió—. ¿Dónde está Ron?

—De viaje de negocios, o eso me ha dicho.

—¿Crees que miente o algo? —le preguntó Lisa.

—Ya no lo sé.

Entonces empezó a llorar. Siempre lloraba cuando hablaba de Ron. Lisa llevaba tiempo sin sentir lástima por ella, pero seguía quedándose allí y escuchando la bronca de la noche anterior. Esta vez era por dinero, lo que no sorprendió a Lisa ni un poquito. Su madre trabajaba ochenta horas a la semana y Ron llevaba una temporada cambiando de trabajo, lo que no era buena señal. ¿Acaso los flebotomistas hacen viajes de negocios?

—Seguro que todo se arregla —le dijo Lisa.

—Ya lo sé, cariño. Ya sabes lo sensible que me pongo a veces. Solo necesito llorar en condiciones y enseguida vuelvo a la normalidad.

Lisa se preguntó qué entendería su madre por *normalidad*. La relación con su madre siempre había sido rara y ella tampoco tenía el récord en mantener relaciones sanas. De hecho, aquella había sido la conversación más larga que había tenido con su hija en meses.

Al final, Lisa pudo irse a cambiar de ropa y cuando bajó al piso de abajo su madre ya dormía. Lavó los platos y sacó la basura. Escribió una nota diciendo que estaría en casa de Clark y al salir dejó un vaso de agua y dos aspirinas en la mesa al lado de su madre.

Cuando llegó a su casa, Clark estaba en la entrada jugando al baloncesto con su hermana pequeña. Drew solo tenía trece años y Clark diecisiete, pero era casi tan alta como él y mejor jugadora.

—¿Por qué te molestas, Drew? —le preguntó Lisa al salir del coche.

—¿A que sí? —le respondió, lanzando la pelota.

—Eh, eh —dijo Clark—. La estoy dejando ganar.

Se acercó a abrazar a Lisa y ella lo abrazó un poco más de lo habitual, a pesar de que jugar al baloncesto en primavera le hacía sudar.

—Será mejor que lo salves, Lisa —dijo Drew—. Esto se está poniendo feo.

Subieron al piso de arriba a la habitación de Clark y, nada más cerrar la puerta, Lisa empezó a besarlo. Siempre era igual. Él la besaba como si estuvieran en una película, con pasión y sin control. Y entonces, en cuanto las cosas se ponían calientes, él paraba y la besaba como si estuvieran en un baile de final de curso de los cincuenta. Y Dios librara a Lisa de intentar poner sus manos por debajo de su cintura. Él se las movería, de la manera más amable y sutil posible, hacia el estómago o el pecho. Su estómago y su pecho, aunque impresionaran bastante, no podían hacer mucho por Lisa.

—Te quiero —dijo, después de un largo beso.

—Yo también te quiero —le respondió, bajando de nuevo las manos.

—Venga, para.

—Para tú —le contestó, intentándolo otra vez.

—¡Lisa! —gritó, quitándose de un salto.

A ella le dio tanta vergüenza que no dijo nada, solo se tiró a la cama, cogió un cojín y se tapó la cara con él. Pensó que lloraría, pero no solía hacerlo porque llorar siempre le quitaba más de lo que le daba.

—¿Lisa? ¿Amor? —le dijo Clark con suavidad, sentándose a su lado en la cama y acariciándole el brazo—. Lo siento mucho. No quería hacer eso.

—¿Tienes algo que contarme, Clark? ¿Estoy haciendo algo mal? —le preguntó, con la voz amortiguada por el cojín.

—No. No, claro que no. Mira, es que... Tengo muchas ganas de hacer esto contigo, pero ya te dije que no estoy preparado. Me muero de vergüenza.

Lisa se levantó y el cojín se cayó a un lado. Parecía como si Clark hubiese estado llorando, o casi. Nunca le había hecho llorar antes, nunca lo había visto, aunque sí que había visto llorar a su padrastro. Era uno de los extraños talentos de su madre: convertir las peleas en un festival de la pena que siempre terminaba con las lágrimas de Ron. Lisa no solía verse reflejada en su madre, así que sintió vergüenza de sí misma y un dolor agudo en el estómago.

—Clark… Yo… —dijo, con una sonrisa triste—. Vale. Lo siento.

Se inclinó para abrazarlo y dejó que apoyara la frente sobre su hombro. Respiraba muy fuerte. Le tocó la punta de la nariz con la suya y cerró los ojos.

—¿Qué haces? —preguntó él.

—Un ritual de meditación ancestral —susurró—. Repite después de mí.

—Vale —contestó con un susurro.

—Lisa es lo único que importa —dijo como un mantra—. Lisa es mi vida. Ella es la reina de todas las cosas buenas.

—¿Te dices esto a ti misma? —preguntó, aguantando la risa.

—La autoestima es muy importante.

—Vamos a echarnos una siesta —sugirió Clark, abrazándola con fuerza—. La reina tiene que descansar.

No sabía cuánto tiempo llevaban durmiendo, pero se había hecho de noche y la familia de Clark ya había llegado a casa. Podía escuchar la voz de su madre en el piso de abajo, seguramente hablando con Drew.

—Clark —susurró—. Despierta.

—¿Qué hora es? —preguntó.

Cogió su móvil de la mesilla de noche y la luz de pantalla los cegó. Siete y media de la tarde.

—Mierda —dijo—. Tu madre. Levántate. Mierda, mierda, mierda.

—No pasa nada. A lo mejor no ha llegado aún.

—Puedo oírla. Ahora levántate y ayúdame a salir de aquí.

—Le da igual —aclaró—. Te lo prometo.

De todas las veces que Lisa se había pasado por allí después del instituto, nunca se había quedado tanto tiempo como para ver a Patty Robbins llegar a casa después del trabajo. Siempre había dado por hecho que se meterían en problemas si los pillaban en la habitación con la puerta cerrada. Después de todo, su madre era una parroquiana, así que Lisa imaginaba que el sexo adolescente no estaba en el número uno de la lista de cosas aprobadas por Jesús.

—Dios mío —se acercó a la ventana, mirando hacia el jardín trasero.

—Tu coche está en la parte de delante, Lisa —dijo—. Ya sabe que estás aquí.

—Mierda.

Lo miró, ausente, y se puso los calcetines y los zapatos. Después se ató el pelo e intentó tranquilizarse.

—Esto es muy incómodo —dijo—. ¿Qué hacemos?

—¡Mamá! —gritó Clark.

—¿Qué narices…? —susurró Lisa.

Notó cómo se le ponían rojas las mejillas. Unos segundos más tarde, Patty Robbins asomó la cabeza por la puerta.

—¿Sí, cariño?

—Lisa está aquí. Nos hemos echado la siesta.

—Ah. Hola, Lisa. Perfecto. ¿Te quedas a cenar?

—C..., claro —articuló.

—¡Jueves de fajitas! —dijo en voz alta, desapareciendo de su vista.

—Le dije que se supone que es martes de fajitas, pero no me escucha —explicó Clark.

Lisa se sentó en la cama y empezó a reírse.

—Qué miedo tenía —le dijo, dándole a Clark en el brazo.

—Aquí funcionamos con total transparencia.

—¿A qué te refieres?

—Ella confía en mí —contestó, encogiéndose de hombros.

¿Y por qué no? Había tenido a su novia en la habitación a solas cientos de veces y nunca había llegado hasta el final. Lisa movió la cabeza y lo miró. Era demasiado bueno como para enfadarse con él, y eso a veces la volvía loca, pero esa noche no. No quería discutir. Solo quería cenar con su pequeña y agradable familia.

Lisa se quedó un rato más viendo la televisión con Clark y con Drew y preguntándose hasta qué hora debería hacerlo para evitar encontrarse a su madre otra vez. Sobre las once, decidió que era hora de irse, así que Clark la acompañó al coche.

—Entonces ¿vemos una peli este sábado? ¿Una de miedo? —le preguntó, apoyándose en la ventanilla.

—Ah —dijo—. Hum... Tengo planes, en realidad.

—¿Planes? ¿Qué tipo de planes?

—Solomon —dijo, apretando los dientes.

—Solomon... —repitió, despacio.

—¿En serio? ¿Estás enfadado porque yo...?

—Es que…, supongo que no sé qué tengo que hacer ahora.

—¿Ahora? Clark, esto no va a pasar todos los fines de semana. Te lo prometo.

—Quiero que seas sincera conmigo —dijo.

—Claro que sí.

—¿Tengo algo de lo que preocuparme? Porque dices que es por tu redacción, pero me parece raro que vuelvas allí.

—No tienes nada de lo que preocuparte —le aclaró—. Creo que no nos gustan las mismas cosas, no sé si sabes a lo que me refiero.

—Qué apropiado.

—No seas así —le dijo—. Le he hablado de ti. No hay nada de lo que preocuparse.

—Intenta ponerte en mi lugar, Lisa.

—Bueno, quizá puedas conocerlo con el tiempo —le dijo—. Le encanta *Star Trek*. ¿Te lo dije?

—No —contestó, girándose hacia ella, con emoción en los ojos—. ¿La nueva generación?

—Sí.

—Retiro lo dicho —dijo—. Ese tipo parece increíble.

—Es… interesante. Pero simpático. Y también es gracioso. No pensé que fuera gracioso.

—¿Crees que yo soy gracioso? —preguntó Clark.

—Tienes unas pintas divertidas —contestó.

—Por favor. Me juego lo que quieras a que por las noches sueñas con esta cara.

—Sí —le siguió el juego—. Sueño con tu cara y con un láser saliéndote de los ojos.

—Qué guay.

—De todos modos, déjame asegurarme de que no es un auténtico psicópata y ya buscaré el momento ideal para presentaros.

—Lisa, lleva tres años sin salir de casa. No está loco. Es un genio: televisión y videojuegos veinticuatro horas al día los siete días de la semana. Creo que es mi nuevo héroe.

—¿Cuál era el de antes?

—Bueno, el viejo ese del supermercado de Foothill que te saluda cuando entras. Creo que era insuperable, hasta ahora.

—Qué raro eres. ¿Tu héroe es el tipo del súper que te saluda?

—*Era* mi héroe. Presta atención.

Mientras llegaba a casa, se le pasó por la cabeza la idea de usar los celos de Clark en su beneficio. Dio por sentado que aquello iba en broma, pero si conseguía llevarlo allí, aumentaría las posibilidades de hacer que Solomon mejorara, e incluso quizá adelantar el proceso. La terapia, al fin y al cabo, consistía en mostrarle que el mundo no era ese lugar caótico y aterrador que recordaba. Y Lisa sabía que presentarle a Clark Robbins podía ser la mejor manera de demostrarle que no todo lo que hay ahí fuera es tan malo.

ONCE
SOLOMON REED

No había dos maneras de llevarlo: se lo iba a tener que contar e iba a ser la primera vez que lo hiciera en voz alta. Solomon era gay. Se dio cuenta a los doce años. No le costó mucho, en realidad; veía a los chicos y a las chicas de una manera distinta y prefería a los chicos. Es así de fácil cuando eres joven y para Solomon siempre había sido así de sencillo: ¿por qué tendría alguna vez que reconocer su sexualidad si no tenía intención alguna de salir de casa?

Pero ahora se lo tendría que contar a Lisa porque, con esa especie de cita el sábado por la noche, Solomon estaba alimentando la posibilidad de tocar, de una manera romántica, la fibra sensible a su nueva amiga. La verdad es que no sabía hacerlo de otra forma. Era bastante guapo y su madre se había asegurado de que se peinara antes de la primera visita de Lisa, así que quizá la había encandilado en una sola tarde. Se había sorprendido hasta a sí mismo con tanta broma y parloteo. ¿No es lo que suelen hacer los novios? ¿No hacen el tonto y hablan y después paran para tener sexo y esas cosas?

Lo que no podía entender, sin embargo, era por qué Lisa lo elegiría antes a él que a Clark Robbins. Había visto su foto en el teléfono y sabía muy bien que ninguna chica que estuviera en sus cabales dejaría a ese chico por un albino insociable y limítrofe que ni siquiera tenía unos zapatos propios, así que quizá estaba siendo un poco paranoico y estaba imaginándose algo más que una simple amistad donde no lo había.

—¿Qué vais a ver? Espero que nada para mayores de 18 años —preguntó su padre el sábado por la tarde mientras esperaban que llegara Lisa.

—No me decido —contestó—. Ninguna de ciencia ficción.

—¿Y eso por qué?

—Bueno, ya ha visto el garaje. No quiero que piense que soy unidimensional.

—¿Por qué te importa eso? —preguntó, con ese tono indiscreto típico de los padres que usaba algunas veces.

—Buena pregunta, papá.

Solomon se levantó nada más escuchar el timbre, pero una vez se puso de pie estuvo a punto de caerse. Nunca había pasado tan rápido: un sonrojo repentino en las mejillas, el pulso del pecho descontrolado. Recostó la mitad de su cuerpo sobre la pared y se concentró en contar. Si puedes llegar a diez, pensó, puedes respirar. Y lo hizo. Y respiró.

—Papá —dijo, sin aliento.

—Mierda —dijo su padre, levantándose de un salto y corriendo hacia él—. Venga, vamos a la habitación.

Cuando sonó el timbre por segunda vez, su madre salió de la cocina y, sin preguntar, supo perfectamente lo que pasaba, así que abrió la puerta con una gran sonrisa.

—¡Lisa!

—Hola —dijo ella, entrando.

—Estará listo en un minuto, creo que está peinándose o algo —explicó, con la mirada divertida—. Siéntate, que voy a ver.

Cruzó el pasillo y entró a la habitación de su hijo. Estaba sentado en la cama, al lado de su padre, recostado y con los ojos cerrados. Respiraba. Contaba. Se pondría bien, pero no era fácil verlo así, nunca lo era.

—¿Le digo que se vaya? —preguntó su madre.

—No —articuló Solomon, con los ojos cerrados.

Cuando Valerie regresó al salón, Lisa estaba en el sofá, inclinada, mirando una foto en la mesa.

—Big Bear Lake —dijo Valerie—. Teníamos una cabaña. Íbamos, al menos, una vez al mes.

—Me encanta Big Bear.

—Lo echo mucho de menos —dijo—. El frío me sienta bien.

—Me gustan las montañas —comentó Lisa—. Es la única ventaja de Upland.

—Y también las colinas —añadió Valerie—. Estará listo en un minuto.

—¿Va todo bien?

—Ah, sí. Lo último que sé es que estaba intentando encontrar dos calcetines del mismo par.

—Ni siquiera yo puedo —dijo Lisa, dándose cuenta inmediatamente de lo desconsiderado que sonaba aquello—. Lo siento… No pretendía…

—Calla —le interrumpió Valerie, quedándose en silencio unos segundos—. No soy una ingenua, Lisa. Sol es único. No puede encontrar dos calcetines del mismo par porque seguramente no se los haya puesto desde la última vez que salió de casa y eso, si no me equivoco, fue hace muchísimo tiempo, caray.

Lisa le sonrió, pero se quedó callada. Entonces Valerie se rio para sí misma y se sentó en el sofá. De repente, su humor cambió y se incorporó, colocando los codos sobre las rodillas antes de decirle a Lisa, en un susurro:

—Dime algo, ¿te gusta?

—¿A qué te refieres? —preguntó.

—Solomon. ¿Te gusta? ¿Es un chico agradable?

—Sí, totalmente.

—No me estás mintiendo, ¿verdad? Y no trates de no ofenderme. Solomon nunca ha conseguido salirse con la suya con una mentira en su vida.

—Es verdad —se defendió Lisa—. Temía que fuera aburrido.

—Es importante que sepas algo, Lisa.

—Vale.

—Lo he pasado muy mal… por Solomon y por todo el tiempo que pasa solo en casa. Y entonces vienes tú y de repente habla de nadar y de broncearse. No sé si es una locura creerlo, pero ni intentándolo habríamos tardado menos en construir esa piscina.

—¿Tenéis piscina? —preguntó Lisa, mirando por las ventanas que daban al jardín trasero.

—Dijo que quería una —contestó—. Dijo que saldría.

—¿En serio?

—Necesito que me prometas algo, Lisa.

—Vale.

—Prométeme que te quedarás el tiempo suficiente para que salga. Es todo lo que pido. Si te aburres o simplemente piensas que no es el tipo de amigo que quieres, espera hasta que consigamos que salga, ¿vale?

—Vale —dijo Lisa—. Pero yo...

—Gracias —interrumpió.

Justo cuando estaba a punto de preguntarle algo más sobre la piscina, Solomon entró en la habitación y saludó.

Se le notaba visiblemente afectado, pero no más que la primera vez que Lisa fue a su casa. Llevaba una camiseta y pantalones cortos, sin calcetines. Lisa miró sus pies descalzos y después a su madre.

—Vale, chicos, podéis quedaros en el salón. Tengo que ir al despacho. Sol... ¿Dónde está tu padre?

—Aquí mismo —dijo Jason, entrando—. Hola Lisa, soy Jason.

Lisa se levantó y se estrecharon la mano. Jason miró a Solomon y le sonrío, guiñándole un ojo.

—Venga, quitémonos de en medio, nadie quiere a dos viejos merodeando por aquí —dijo su madre.

—Yo sí —bromeó Solomon, nervioso—. Háblanos de los impuestos.

—¿Qué es exactamente el 401k? —añadió Lisa.

Jason y Valerie salieron del salón entre risas. Lisa se sentó en una esquina del sofá y Solomon en la otra, con un cojín entero entre medias. Pasó las películas de la televisión en silencio, sin mirarla.

—¿Te vuelves tímido conmigo, Sol? —le preguntó Lisa.

—Lo siento.

—No pasa nada. ¿Algo en mente?

—No mucho —contestó—. No se me da muy bien esto. Ten, toma.

—Vale —dijo, estirándose para coger el mando—. Bueno, vamos a ser listos. ¿Comedia, ciencia ficción, drama o miedo?

—Ciencia ficción no —respondió rápidamente, manteniéndose en sus trece.

—Hecho.

—Tu turno —dijo.

—Ah…, hum…, drama no.

—Genial. De miedo tampoco. Odio las pelis de terror.

—Yo también. Clark me hace verlas y luego no puedo dormir durante una semana.

—Eso es violencia doméstica —bromeó—. Vale, comedia entonces.

—Gracias a Dios —dijo—. ¿Qué te hace reír a ti, Solomon Reed?

—No sé… ¿Los chistes?

—Lo sabía —dijo—. Sé que es del siglo pasado, pero ¿te gusta Mel Brooks?

Una sonrisa enorme le iluminó la cara.

—¿De dónde has salido? —le preguntó.

—De Upland —dijo—. ¿Seguimos? Voto por *Las locas locas aventuras de Robin Hood*.

—¿Te paga mi madre por estar aquí?

—No —contestó, buscando la película en la pantalla—. Pero me encanta nadar y, ya sabes, una endodoncia gratuita no estaría mal, si es que surge la ocasión.

—Te ha contado lo de la piscina, ¿no?

—Sí, vas a nadar, ¿no?

—Exacto —respondió.

—Parece muy emocionada —dijo Lisa—. Porque la pidieras, me refiero.

—Sin presiones —dijo—. ¿Te dijo que mi abuela me sobornó?

—No, no me lo ha dicho. ¿Qué pasó?

—Me dijo que compraría la piscina si salía contigo.

—Lista —dijo Lisa, después de quedarse callada un rato.

—Solo la primera vez —dijo—. Nada más. Quiero que estés aquí.

—Ah, menos mal. Ya me temía que se fuera a fastidiar para siempre *Las locas, locas aventuras de Robin Hood.*

—Eso sería una tragedia —comentó—. Creo que mi abuela espera que te enamores de mí y me salves de mí mismo.

—Una pena que esté Clark —bromeó.

—Una pena que yo sea gay —soltó, cerrando los ojos y esperando un silencio atronador.

—Sí, una pena —acordó ella con una gran sonrisa.

Levantó la mano para chocarla y él se quedó mirándola hasta que la bajó.

—Nunca se lo había contado a nadie.

—Dios mío —dijo—. Gracias.

—¿Por ser gay o por contártelo?

—¿Por ambas?

—De nada. Me ha dado un ataque de pánico cuando has llegado.

—Me lo he imaginado. Tu madre me dijo que estabas intentando encontrar unos calcetines.

—Miente muy mal —dijo, subiendo los pies y moviendo los dedos.

—Al menos agradece que lo intente. Parece muy guay.

—Es muy guay —asintió—. Mi padre también. Supongo que esto no funcionaría si no estuvieran.

—Y…, hum…, ¿lo saben? ¿Que eres gay?

—¿Para qué perder el tiempo? No es que vaya a ser un problema.

—Sí, pero es quien eres, ¿no?

—Supongo —dijo—. No sé ser de otra manera.

—¿Cuándo lo supiste?

—Tenía unos doce años. Es algo que supe un día, aunque no lo supiera el día anterior.

—Así que es así, ¿no? ¿Una impresión? ¿No va de estar con otros tíos?

—Ah, no. También es eso, claro que sí. Pero es más, creo. No es tanto una impresión como tal, como tener los ojos azules o el pelo castaño. Es algo que no descubres hasta que no estás preparado para entenderlo.

—Como ser hetero —apuntó ella—. Solo que no tenemos que pasar por esa mierda del armario.

—Bingo —dijo.

Se quitó los zapatos y puso sus pies sobre los de él.

—Ah —dijo, levantándose—. Tengo golosinas.

—Hazlo realidad, capitán —dijo.

Cuando llegó de la cocina, con una caja de M&M's en una mano y unos Skittles en la otra, se sentó muy cerca de ella, tanto que sus hombros se rozaron durante toda la película. Y como si lo hubieran hecho un millón de veces, sin pensar en ello, se pasaron los caramelos de un lado a otro entre ellos con los ojos pegados a la pantalla.

DOCE
LISA PRAYTOR

Lisa se quedó en casa de Solomon hasta pasada la medianoche. Entonces, justo cuando estaban a punto de despedirse en la puerta de la entrada, le preguntó si le podía dar un abrazo.

—Claro —susurró—. Pero rápido.

No se dio prisa. Lo abrazó lo justo para que supiera lo que significaba para ella. Y así era. Le había dicho algo que no le había contado a nadie más en su vida; si eso no es amistad, ¿entonces qué es? Ahora formaba parte de su círculo más íntimo; vaya, ella era su círculo íntimo. Todo el progreso que había logrado en tan solo dos visitas a Solomon le ayudaba a ignorar el pinchazo de culpa que notaba en el estómago.

—Puedes contárselo también a Clark —le dijo antes de irse—. Debería saber que no hay nada de lo que preocuparse.

Aunque cuando llegó a casa era la una de la mañana, sintió la necesidad de hablar con Clark. Estaba de nuevo en casa de su padre, así que sabía que estaría despierto comiendo comida basura y jugando a videojuegos o algo parecido, y así era.

—Cobardica —contestó. Podía escuchar la televisión en el jardín trasero.

—Bueno, no tienes que tener celos de Solomon nunca más.

—¿Una mala cita? —bromeó.

—Definitivamente, es gay.

—Ah. Qué gracia.

—¿Gracia?

—No gracia en plan gracioso, sino gracia en plan «*el otro novio de mi novia es gay*».

—Cállate —le dijo—. En fin, solo quería que lo supieras.

—Genial. Se lo diré a mi madre. Tendrá unas cuantas biblias preparadas para enviarlas inmediatamente.

—No es algo con lo que se pueda bromear, Clark.

—Lo siento. Creo que es genial que te lo haya contado. Parece que necesitaba alguien con quien hablar.

—Supongo —dijo—. Les ha pedido a sus padres una piscina.

—¿Va a salir? No entiendo.

—No, pero dice que va a intentarlo.

—Qué locura —dijo—. Pero no en plan *locura* de loco. Ya sabes a lo que me refiero.

—Ha sido un poco triste —explicó ella—. Me ha contado que no sabe si se lo dirá a sus padres. Dice que no es un problema.

—No se equivoca, ¿no? Si nunca va a salir de casa, ¿cuál es el problema?

—Es que no es solo eso, ¿no?

—No sé. Si yo no fuera a salir nunca de casa y no te tuviera, no creo que ser hetero o gay tuviera importancia. Bueno, salvo por mis búsquedas en Google.

—Bruto.

—Perdona.

—Es más que eso —dijo—. Quizá es parte de lo que pasa o de lo que falla en él. No sabe cómo ser él mismo porque cree que no importa. Eso podría tener mucho que ver con su ansiedad social.

—Lisa, quedas con este chico una vez y la segunda vez que apareces sale del armario contigo. No me parece que no esté siendo él mismo, ¿no?

—No —contestó—. Eso lo hace más confuso. Tiene un poco de ansiedad, obviamente, pero quitando eso es igual que nosotros. Se puede hablar con él, es divertido, mucho, de hecho. Lo único es que no sé por qué no puede lidiar con lo que hay fuera. Creo que es tan capaz como cualquiera.

—Es obvio que no —dijo Clark—. Pero ¿crees que ser su amiga es la mejor manera de ayudarlo?

—Ese es el plan —admitió ella—. Empezar conmigo y meterte a ti después, poco a poco, en la mezcla. Enseñarle lo que se está perdiendo.

—Ah, ¿en serio? ¿Ahora formo parte de esto?

—Solo si quieres. Tú mismo has dicho que te estás cansando de los chicos del equipo.

—Mucho —confirmó—. Con estos tarados todo es un concurso de a ver quién mea más lejos.

—Bueno, pues ahí lo tienes.

—Sabes que podrías inventarte cualquier cosa para tu redacción y conseguir esa beca —le dijo.

—Lo sé, pero quiero ayudarlo. Ya no solo tiene que ver con la beca escolar.

—¿Me lo prometes?

—Lo prometo —dijo—. Dame unas pocas semanas más con él. No quiero agobiarle y dado que seguramente me destrones como su nueva mejor amiga, quiero conocerle un poco mejor.

—Soy muy divertido —le dijo.

—Espera que adivine. Ahora mismo llevas puestos los pantalones de pijama, probablemente nada más, y hay una bolsa de Doritos en algún lugar visible de la habitación, y quizá un dónut o dos.

—Increíble. ¿Cómo lo haces?

—Magia —le dijo—. ¿Qué está haciendo tu hermana?

—Lo mismo. Hemos estado jugando a los videojuegos cinco horas. No me enorgullece, Lisa, pero ¿soy orgulloso?

—Qué gracia —dijo—. Empiezo a salir con un recluso retardado y tú te conviertes en uno. ¿Qué vida es esta?

El día siguiente, Lisa se alegró de encontrar el coche de Ron en la entrada. A ella no le gustaba mucho, pero a su madre sí, y estaba mucho más feliz cuando él andaba por casa. Le daba mucha pena que fueran así: una de esas parejas que o están uno encima del otro o no se quieren ni ver. Pero algunas personas están unidas de esa manera, pensó Lisa, aunque se alegraba de no ser una de ellas.

A la hora de cenar, mientras miraba unos apuntes de Historia, sonó el teléfono. Era Solomon.

—¿No hemos hablado hace unas horas? —contestó.

—¿Qué pasó anoche?

—Vimos la mejor película del mundo y saliste del armario conmigo.

—Sí, sí —admitió—. Salir del armario es agotador. Me he levantado hace una hora.

—¿Y qué has conseguido? Porque yo he corrido más de tres kilómetros, he escrito un artículo y he empezado a estudiar para un examen.

—He visto un documental sobre anguilas de veinte minutos hasta que me ha dado tanto yuyu que no he podido seguir.

—Vale… Así que has tenido un día productivo, eso está bien.

Se rio más fuerte de lo que esperaba. Fue una buena carcajada, de esas que puedes escuchar el *ja, ja, ja* si prestas suficiente atención.

—Sí…, hum…, ¿sabes que la vida media de una anguila es de ochenta y cinco años?

—Eso es horroroso, Solomon, ¿me has llamado para invitarme?

—Quizá.

—Adelante. Hazlo. No seas tímido.

—¿En serio? —le preguntó.

—Si quieres que seamos amigos, vas a tener que hacer las cosas que hacen los amigos. Se llaman unos a otros y se invitan a casa. Estás a medio camino.

—Vale. ¿Quieres?

—¿Que si quiero qué?

—¿Quieres venir por aquí hoy?

—La verdad es que estoy bastante ocupada —respondió, aguantándose la risa.

—Me vacilas.

—Sí. ¿Qué tal a las dos? Me quedan unas treinta páginas de apuntes que estudiar.

—Perfecto —le dijo—. O sea, si quieres.

—Solomon —le regañó—. Lo estabas haciendo tan bien. ¿Qué es eso de *si quieres*? Quiero, ¿vale?

—Genial —le dijo—. ¿Qué quieres hacer?

—¿Sabes jugar al ajedrez?

—Sí. Malamente.

—Estupendo. Pues ajedrez entonces. ¿Tienes un tablero?

—Sí —le dijo—. Es la edición de «Hora de aventuras». Por favor, no te rías.

—¿Bromeas? Clark y yo vemos esa serie todo el tiempo.

—¡Me vacilas! —le dijo.

—No.

Cuando llegó a su casa, unas horas más tarde, tenía el ajedrez preparado en la mesa del comedor. Nunca había estado en esa habitación y parecía que nadie más lo hubiera hecho tampoco. Quizá en aquella familia comieran por separado, como había ocurrido siempre en la suya. Por la razón que fuera, deseó que no fuera así.

—¿Cuál es tu comida favorita? —le preguntó, cogiendo una silla.

—¿Estamos en la guardería?

Miró primero el ajedrez y después a él, con la ceja levantada.

—Vale —aceptó, sentándose—. Pizza, probablemente.

—Uf —dijo—. Qué aburrido eres, Solomon.

—Puedes llamarme Sol si quieres —le propuso—. O Solo.

—¿Puedo serte sincera?

—Claro.

—Creo que Solo suena mal.

—No —dijo—. Piensa en Han, no en el *Solitario agorafóbico.*

—Ah... Sí, funciona.

—Me gusta Sol, en cualquier caso. Así se llamaba mi tatarabuelo.

—El mío se llamaba Gator —le dijo.

—Espera... ¿Gator Praytor?

—Sí —respondió, agachando la cabeza con un gesto fingido de vergüenza—. Era zoólogo, y no estoy de broma.

—Pero ¿cuál era su nombre real?

—Dick —contestó.

—Bueno, obviamente era un hombre que sabía tomar buenas decisiones.

—Vale, vale. ¿Estás preparado para que te destroce al ajedrez?

—Como nunca —dijo—. ¿Quién empieza?

—Ah, Sol. No has comenzado nada bien.

—Mierda —reconoció—. Las blancas primero. Me acuerdo.

—Sabes, dices bastantes tacos para ser alguien que nunca ha ido al instituto.

—No dejes que te engañen mis padres. Cuando no hay nadie, son unos barriobajeros.

—Mi madre me obligó a lavarme la boca con jabón el año pasado —dijo—. Llamé a mi padrastro «hijo de puta». Lo gracioso es que solo se volvió loca por la palabrota.

—Yo no lo hago mucho cuando están ellos —admitió.

—Esa es tu forma de rebelarte. Si fueran delincuentes, seguramente te convertirías en policía. El mundo es un lugar misterioso.

—O quizá es que tú sacas lo peor de mí —aventuró, moviendo el primer peón dos casillas.

—Lo dudo —dijo, moviendo uno de sus caballos.

En realidad, no le importaba quién ganara el juego. Estaba intentando algo que había leído esa mañana por internet: terapia de juego. Se suponía que relajaba y distraía lo suficiente al paciente como para que se abriera más en temas personales o dolorosos. Dado que Solomon había progresado tan rápidamente, quería comprobar hasta dónde podía presionarlo sin que él se diera cuenta de que lo estaba haciendo.

Lisa ganó la primera partida dando jaque mate al rey de Solomon con un peón y la torre. Después, sin decir palabra, miró cómo volvía a colocar todas las piezas en el tablero y, con cuidado, les daba la vuelta para que las piezas blancas estuvieran frente a ella.

—Se me dan mejor las negras —aclaró.

A mitad de la partida, daba la impresión de que Solomon iba a ganar. Estaba tan concentrado en el tablero que no había levantado la mirada en quince minutos. Quizá esté funcionando, pensó. Quizá ahora sea el mejor momento para jugar a los terapeutas.

—Así que, aparte de perder a este juego, ¿cuál es tu mayor miedo?

—Que me entierren vivo —contestó, haciendo una pausa pequeña.

—Tiene sentido.

—¿El tuyo?

—Los tornados. No me preguntes por qué, pues nunca he estado cerca de uno.

—Son torbellinos gigantes de viento que destruyen ciudades enteras —dijo—. Un respeto.

—Y, no sé… Supongo que también quedarme atrapada en Upland para siempre.

—Y ahí es donde no coincidimos —dijo, moviendo un peón—. ¿Adónde quieres ir?

—A cualquier lugar —dijo—. A un sitio más grande. A una gran ciudad. Los barrios residenciales me tienen hasta las narices.

—Pero están llenos de gente mayor con niños y chicos chiflados como yo —dijo—. ¿Qué hay que no te guste?

—¿Haces eso mucho? ¿Llamarte «loco» a ti mismo?

—Solo cuando hace gracia o cuando me quiero librar de algo.

—Así que tu mayor miedo es que te entierren vivo. Vale. ¿Y algo que te pueda pasar de verdad?

—¿Como que me pregunten una vez tras otra cuáles son mis mayores miedos mientras intento ganar al ajedrez?

—Lo siento —dijo—. Supongo que el misterio seguirá siendo un misterio.

Levantó la mirada del tablero hacia sus ojos, como si le preguntara sin palabras qué pensaba que estaba haciendo. Él le contestó agachando la mirada y capturando uno de sus alfiles con la reina.

Cuando terminó la partida, Lisa lo siguió hasta la habitación, donde él rebuscó en unas cajas del armario antes de sacar, al final, un montón de cómics.

—Ten —dijo—. Dáselos a Clark. Los he leído cien veces.

—¿En serio? —exclamó, hojeando el primero—. Gracias.

—No hay de qué. Mi única condición es que no puede esconderlos. Tiene que colocarlos con orgullo en su casa de tal modo que todos los vean. Es el único requisito.

—Le pasaré el mensaje —aceptó—. Quién sabe, a lo mejor podéis conoceros algún día.

—Quizá —dijo—. Si crees que él quiere.

—¿Bromeas? Solo habla de eso. Creo que está celoso.

—Celoso del chiflado gay. Eso no suena bien.

—Oye, Sol —dijo, poniéndose seria por un momento—. Esas son solo dos cosas de un millón que tienes. No te encierres.

—Demasiado tarde —dijo, mirando por la habitación con una sonrisa poco convincente—. Demasiado tarde.

TRECE
SOLOMON REED

La abuela de Solomon siempre llevaba un regalo. Siempre. Se dejaba caer por allí cada semana y, sin decir palabra, le daba a Solomon una caja envuelta de forma bonita o una bolsa de regalo rebosante de papel de seda. Después, lo observaba emocionada mientras lo desenvolvía y le hacía una foto con el teléfono. A él le gustaba imaginar una pared enorme en casa de su abuela cubierta por cientos de esas fotos casi idénticas con videojuegos o DVD en los que salía con una sonrisa forzada.

Sin embargo, cuando fue aquel lunes de abril para celebrar su nueva vida social, la abuela llegó con las manos llenas de juguetes de piscina. Por encima de ella, unos churros de natación de colores brillantes se daban unos con otros, chocándose contra las paredes mientras le enseñaba a Solomon y a sus padres cada regalo.

—Para bucear —le dijo, emocionada, dejando caer de su brazo hasta el suelo cinco aros amarillos de plástico—. Gafas. E incluso algunos flotadores, ya sabes, ¡por si se te ha olvidado nadar!

Solomon dio un paso para ayudarla y encontró más aros de buceo, tres pares más de gafas, algunos bañadores y hasta unos Speedo tipo slip de color naranja brillante. Los cogió y miró a su abuela perplejo.

—Quién sabe —soltó ella—. Con todo el tiempo que tienes, podrías entrenar para las Olimpiadas.

Solomon cogió los Speedo y se los tiró a su padre en modo tirachinas, que los agarró en el aire y se los puso por la cintura.

—Toma ya, qué bien me quedan.

—Abuela, abortamos piscina —dijo Solomon.

—Vale —aceptó—. Os reís, pero en Europa es lo que se lleva. Un poco de cultura no haría daño a nadie.

—Me lo apunto —comentó el padre de Solomon, tomando uno de los churros y dándole con él en la cabeza a su hijo.

—Gracias, abuela —dijo Solomon, poniéndose unas gafas—. ¿Cómo me quedan?

—Perfectas.

Como vio que estaba a punto de llorar, se puso a hacer como que nadaba por el aire hacia ella y le dio un abrazo rápido.

Más tarde, Solomon se puso a inflar un flotador verde en el salón mientras sus padres y su abuela hablaban, café y postre mediante, en el sofá. Cuando terminó, se levantó y se cayó de espaldas sobre él.

—Parece cómodo —señaló la abuela—. Tu padre se rompió la rabadilla en el colegio y tuvo que sentarse en algo parecido, pero más pequeño, claro. ¿Te acuerdas, Jason?

—Me rompí el culo, mamá. Claro que me acuerdo.

—Me sentí la peor madre del mundo —reconoció ella, riéndose tanto que le saltaron lágrimas de los ojos—. Cada vez que veía ese cojincito, se me iba. No podía evitarlo.

—¿Ves, Sol? —dijo su padre—. Por esto nunca te dejamos quedarte en la casa de la abuela cuando eras más pequeño.

—Eso no es cierto —rebatió ella—. Me quedaba contigo siempre. Eras mi pequeño compinche.

—Te usaba para vender casas —añadió su padre—. Te vestía con un trajecito y una corbata y te llevaba con ella a enseñar las propiedades.

—No me voy a disculpar por mis iniciativas —se defendió—. Así es como se construye una empresa.

—Joan Reed Realty —recordó el padre de Solomon—. Te llevaremos a casa... después de que nos des todos tus ahorros.

—Echo de menos castigarte —dijo la abuela, frunciendo el ceño—. Sol, háblame de esta chica, Lisa.

—Es simpática —admitió él.

—¿Simpática? —preguntó, mirando a su hijo y a su nuera—. Este hijo vuestro es tan... expresivo, ¿no?

—Hemos tenido que trabajar mucho en ello —bromeó el padre de Solomon.

—Vamos, suéltalo, chaval —dijo la abuela.

—Vale, hum..., es graciosa, también. Y, no sé, algo despreocupada. No fue tan difícil como pensaba.

—Me alegro de escuchar eso —dijo, mirando a todos los que se encontraban en la habitación y asintiendo.

—Sí —acordó él—. Vino el sábado por la noche también.

—Y ayer —añadió su padre.

—¿En serio? —preguntó la abuela—. Solomon, ¿tienes novia?

—No, no es eso —contestó.

—Vale, entonces ¿qué hacéis tú y tu *amiga* todo el rato que pasáis juntos?

—La mayor parte del tiempo vemos películas y jugamos al ajedrez.

—Hablando de eso… —apuntó la abuela—. Vamos a echar tú y yo una partida y así me puedo enterar de lo que pasa de verdad, ¿vale?

—Vale.

Una vez llegaron al cuarto de estar, armaron la mesa plegable y empezaron a barajar sin decir una palabra. Solomon no se tomaba a broma jugar a las cartas y mucho menos su abuela después de la racha victoriosa del nieto: este sabía que ella buscaba venganza. Sin embargo, tan pronto como repartieron las cartas y empezaron a jugar, lo único que quería hacer la abuela era hablar sobre Lisa.

—Bueno —dijo—. Lo estás consiguiendo, ¿no?

—¿El qué?

—Has hecho una nueva amiga, dices que vas a ir al jardín pronto… Estás mejorando, muchacho.

—No digas eso, por favor.

—¿Por qué no? ¿No deberíamos celebrarlo?

—Porque es demasiado, ¿vale? No es para tanto.

—Es bastante —valoró ella—. Quién sabe, quizá en unos pocos años estés preparado para salir de nuevo al mundo.

—Hazme caso —dijo—. No es un interruptor que pueda encender y apagar, abuela.

—Sin pausa pero sin prisa —apuntó ella.

—No creo que eso sirva en este caso.

—Aun así —sugirió—, no te cierres a la posibilidad de ponerte mejor, ¿vale?

—Intentaré no hacerlo —contestó él.

Antes de irse aquella noche, su abuela lo abrazó un poco más fuerte de lo habitual y él supo por qué: estaba orgullosa de él y eso era algo nuevo. Sabía lo que era dar pena y que no le entendieran, pero que lo admiraran todavía no era su fuerte. La verdad es que era algo a lo que podría acostumbrarse.

Al día siguiente, terminó muy pronto de hacer las tareas, así que pudo descansar un poco antes de que Lisa llegara. No sabía exactamente lo que iban a hacer, pero había pensado en enseñarle a jugar al Munchkin, que era un juego de estrategia que le habían comprado sus padres pero que no le gustaba mucho. Ni siquiera podía empezar a explicarle las reglas a su abuela antes de que dijera: «Esto suena demasiado complicado para alguien de mi edad». Era muy gracioso ver cómo solo mencionaba lo de su edad cuando no le apetecía hacer algo.

Sabía que Lisa lo pillaría rápido, en especial después de verla jugar al ajedrez. Quería la revancha, pero decidió desafiarla con algo que no le fuera tan familiar desde el principio, o sea, hacerle saber de quién era la casa y todo eso. Era *su* territorio, *su* fortaleza de soledad, impenetrable para el mundo exterior.

Solamente que aquello ya no era verdad, ¿no? Algo nuevo había llegado, en forma de una chica de diecisiete años sorprendentemente familiar. Tan pronto como Solomon abrió la puerta de la entrada aquella tarde, Lisa accedió con una naturalidad superada solo por su abuela el día anterior. Le hizo una seña y le sonrió y se paseó por el salón hasta que se sentó en el sofá.

—La piscina está de camino —dijo, girándose hacia la puerta de cristal y mirando al jardín.

—Espero que no sea una trampa —comentó él, sentándose.

—No es un mal sitio para quedarse atrapado —dijo—. Estoy segura de que tus padres la usarán también.

—Seguro —convino—. Pero yo voy a salir ahí fuera.

—Bien —aprobó ella—. ¿Puedo venir a todas tus fiestas salvajes en la piscina?

—Ah, no —dijo, en tono de broma—. La confraternización está estrictamente prohibida.

—Bueno —corrigió ella, cogiendo los Speedo del cojín de detrás—. Parece que los chicos con Speedo no lo están.

—Mi abuela. Ha comprado una tienda de artículos deportivos o algo.

—¿Tu abuela te ha comprado unos Speedo?

—Sí... No me parece bien, ¿vale?

—Oye, estoy más que acostumbrada a ellos.

—No sé qué contestar a eso —dijo.

—Clark —añadió ella—. Waterpolo.

—Ah, vale. No tienen pinta de ser muy cómodos.

—Le encantan —dijo—. Creo que es un exhibicionista.

—Siéntete libre de aportar evidencias fotográficas a tu gusto —dijo, poniéndose colorado.

—¡Solomon Reed! ¿Acabas de hacer una broma sexual sobre mi novio?

—Quizá. ¿Cómo se juega al waterpolo, entonces?

—Vale..., pues creo que es como el hockey pero en una piscina y con mucha menos ropa.

—Genial —dijo—. ¿Y él es bueno?

—Cuando quiere. Tiene problemas de motivación. Esperaba que fuera a por la beca escolar, pero no sé qué planes tiene.

—Aún queda mucho tiempo, ¿no?

—No mucho. Las solicitudes de acceso de la mayoría de las universidades son en diciembre.

—Qué horror.

—No veo el momento —señaló ella—. Me temo que he dejado atrás a mis compañeros.

—Yo soy tu compañero —dijo, poniendo los ojos en blanco.

—Mis otros compañeros —corrigió.

—¿Clark también?

—Clark especialmente.

—Ah —suspiró, sin añadir nada más, pues eso era lo único que sabía sobre las relaciones.

—Perdona. Es que me gustaría que a veces se tomara las cosas más en serio. Tener un plan es mi fuerte.

—Sin sorpresas —aceptó—. Has venido al lugar indicado.

—Hasta ahora, has sido una caja de sorpresas.

—Sí, bueno, he rebasado mi cuota.

—La Tierra de Solomon —dijo—. Ven a la holocubierta, quédate por el chico pálido con Speedos.

—No voy a ponerme esa cosa. Te das cuenta de que paso el noventa y ocho por ciento de mi tiempo solo leyendo y viendo la televisión, ¿verdad?

—Me doy cuenta de que eso era lo que solías hacer —rebatió ella, con confianza.

Lisa se pasó por allí todos los días de esa semana. Solo se quedaba dos o tres horas, lo suficiente como para echar unas cuantas partidas o ver una película, y para cuando llegaba el fin de semana Solomon la esperaba sobre las tres y media o las cuatro cada tarde. Con cada visita, se iba sintiendo más y más relajado.

El sábado, la madre de Solomon insistió en hacerles la cena. Sabía qué acabaría pasando: una comida silenciosa donde se vería obligado a observar con horror cómo sus padres se turnaban para interrogarla a cada bocado. Hasta ese momento, se habían mantenido al margen, tanto que sospechaba que se estaban asegurando de que ella se iba a quedar antes de encariñarse demasiado.

—Espero que te gusten las enchiladas, Lisa —dijo su madre mientras se sentaban a comer.

—Sí. Cuanto más queso tengan, mejor.

—Estas son vegetarianas —indicó Solomon, con un gesto serio.

—Ah..., bueno, suena bien también. Hay vegetarianos por todas partes.

—Está bromeando —dijo su padre.

—Pero has pasado una prueba importante —añadió su madre.

—Muy importante —repitió Solomon—. Ama siempre lo que sea que el cocinero cocine, ¿verdad, papá?

—Verdad. A menos que sea pavo de tofu.

—Lo intenté una vez y ahora no soy capaz de escuchar el final —dijo su madre—. ¿Quién quiere bendecir la mesa?

—¿Es Navidad? —preguntó Solomon, mirándola como si se hubiera ofrecido a sacrificar un cordero en la mesa del comedor.

—¿Vosotros bendecís la mesa en vuestra casa? —preguntó a Lisa.

—Mama... ¿En serio? Las dos únicas normas de una cena son no discutir ni de religión ni de política.

—Lisa, ¿eres demócrata? —preguntó su padre, con un guiño.

—En realidad, soy agnóstica y conservadora en materia fiscal —respondió Lisa—. Pero creo que deberías obligar a Solomon a que bendijera la mesa, de todos modos.

—Bien —aceptó este, inclinando la cabeza—. Gracias por un mundo tan dulce. Gracias por la comida que comemos. Gracias por los pájaros que cantan. Gracias, Dios, por todo. Amén.

—Amén —contestaron sus padres y Lisa al unísono.

—También, alabado sea Xenu —añadió.

—Alabado sea Xenu —repitieron.

—Eso ha sido adorable —dijo Lisa.

El resto de la comida fue mejor de lo que esperaba Solomon. Sí que la interrogaron, pero fue algo bastante inocente, y para el postre ya se había relajado y los miraba contarse historias y reírse de los chistes de unos y de otros. Era tan familiar como cuando su abuela estaba por allí, pero más emocionante. Ella era nueva, después de todo, y mientras miraba cómo sus padres estaban pendientes de cada palabra que decía, pensó que quizá necesitaran una Lisa Praytor tanto como él.

Las siguientes tres semanas, ya en mayo, Lisa pasó la mayor parte de su tiempo libre en casa de los Reed. Se quedaba a cenar la mayoría de las noches, ayudaba a Solomon a poner la mesa y a lavar los platos después, como si fueran hermanos repartiéndose las tareas. Podía sentir que el ritmo de la casa estaba cambiando: el día pasaba despacio y entonces Lisa aparecía y todos peleaban por ganarse su atención. Pero a ella le encantaba, o eso parecía, siempre dispuesta a tener una conversación profunda sobre una película de historia con el padre de Solomon o una lección de cocina con su madre.

—Aquí a nadie le interesan las tartas, Lisa. Vivo en una pesadilla —le confesó Valerie Reed una tarde, mientras vertían la mantequilla en un molde de pasteles.

—No te tenía por pastelera —reconoció Lisa—. Pensaba que no tendrías tiempo, supongo.

—Solía hacer tartas de cumpleaños para pagar la universidad. Mi tía tenía una pastelería y me enseñó todo lo que sabía. Además, no se pueden hacer endodoncias en casa. Me aburriría.

Un día, Lisa y Solomon se pusieron a hacer juntos un puzle que llevaba ocupando la mesa del comedor dos semanas. Escuchaban la radio mientras buscaban en silencio las piezas correctas y movían la cabeza al ritmo de la música. Tener un amigo ya no era algo nuevo para él, pero seguía siendo Solomon, y eso significaba que a veces le daba demasiadas vueltas a cada detalle que mencionaba, dejando que la conversación se quedara en el aire durante horas antes de que ella se marchara, deseando no haber dicho nada estúpido u ofensivo o demasiado inmaduro. Antes de ella, no tenía nada que perder excepto la seguridad de su casa, pero ahora, desde que Lisa también formaba parte de aquello, no podía arriesgarse a perderla.

—¿Me estás diciendo que nunca has chateado con alguien por internet? —preguntó Lisa.

—¿Cuentan los foros de *Star Trek*?

—Claro —confirmó—. Pero ¿nunca has hecho Skype con nadie?

—¿Extraños mirándome por la pantalla de mi ordenador? No, gracias.

—De acuerdo —aceptó—. También hay foros sexuales, como las salas de chat.

—Lo sé. ¿Qué le pasa a la gente?

—No lo sé —contestó—, pero yo tapé hace tiempo mi cámara con un trozo de cinta. No confío en ninguno de mis aparatos electrónicos. Seguramente mi móvil envíe nuestra conversación a algún centro comercial o algo.

—Sí. Mañana tendremos cupones en el correo electrónico para comprar condones y cámaras web.

—La hermosa América.

—Ni siquiera en los foros publico demasiadas cosas —dijo—. Nunca se me ha dado bien.

—Me gusta eso. Un solitario de verdad.

—El mundo es demasiado grande —comentó—, e internet es también demasiado grande. No odio a todo el mundo, espero que no pienses eso. Es solo que tengo que protegerme a mí mismo y no puedo ponerme a hablar con un puñado de extraños que podrían ser cualquiera de cualquier parte del mundo. No me parece algo real.

—Lo entiendo.

—¿Lisa?

—¿Sí?

—¿No echas de menos a Clark?

—¿Cómo? —preguntó, mirándole por fin a la cara.

—Bueno, te pasas aquí todos los días y, no sé, supongo que siento que te estoy robando o algo.

—¿Te estás cansando de mí? ¿Es eso lo que intentas decirme? —le preguntó, intentando no sonreír.

—Cállate. Es solo… Creo que puede que esté preparado para conocerlo.

—¿Ah, sí?

—O sea, ha pasado un mes, el chico me va a odiar si no empiezo a compartirte un poco.

—Tiene sus videojuegos —indicó, dejando las palabras de Solomon en el aire.

—Pero, ahora en serio —dijo—, ¿crees que le gustaré?

—¿Importa lo que piense yo?

—Es tu novio —respondió—. Quizá no nos llevemos bien.

—Eso sería una desgracia —dijo—. Sin embargo, es imposible.

—¿No crees que lo de ser gay le molestará?

—¿Molestarle? Dios mío, seguramente se preste voluntario para llevarte al desfile del orgullo el primer día.

—No puede ser tan bueno.

—Tengo la teoría de que lleva un traje de Superman debajo de la ropa todo el tiempo —dijo.

—Su nombre es Clark.

Y entonces, como una señal del mismísimo Jor-El del planeta Krypton, el teléfono de Lisa empezó a vibrar y a iluminarse sobre la mesa.

—Hablando del rey de Roma —dijo, cogiéndolo—. ¿Puedes darme un segundo?

—Claro.

—Lisa Praytor, la Novia de tus Sueños —contestó, sonriendo a Solomon—. Ajá. Vale. Bueno… Vale. ¿Puedes hacerme un favor? Exacto. Gracias. Yo también te quiero. Vale. Adiós.

—¿Cómo le va? —preguntó Solomon, mirando el puzle.

—Genial —contestó—. Hablaré con él más tarde, ¿vale? Sobre lo de venir.

—Ahora estoy nervioso.

—No lo estés. Me hace ilusión todo esto, Sol. ¿Crees en el destino?

—No mucho, pero me gusta la idea de que tú sí que creas.

—Entonces estamos todos preparados, ¿no? Ya lo verás.

—Lisa —dijo, consciente de que podía escuchar su respiración acelerada.

Solomon nunca había tenido un ataque de pánico delante de ella, pero había estado a punto de pasar: algunas veces había fingido ir al baño solo para calmarse y respirar de una manera normal. A pesar de ello, estaba seguro de que ella se había dado cuenta y que no había dicho nada. Quizá le hiciera sentir incómoda o puede que fuera como todo el mundo y no supiera qué decir o hacer. La mayoría de la gente prefería no hacer nada antes que arriesgarse a equivocarse: eso era algo que Solomon había aprendido mucho antes de apartarlos a todos.

—Vale…, vale… —lo tranquilizó, con calma—. No pasa nada. Estás bien, Sol.

—Lo siento —dijo, inclinándose y poniéndose la cara entre las manos.

—No te disculpes. Solo respira y cuenta hasta diez, ¿vale? Así…, ahora exhala lentamente hasta cinco. Lo tienes, amigo.

La miró, contando mentalmente, y en vez de taparse la cara con vergüenza o irse de la habitación, hizo exactamente lo que le dijo. Eran cinco minutos de pánico en otro día normal y tranquilo, cinco minutos de silencio que le dijeron más que cualquier conversación que hubieran tenido nunca. Estaba a salvo con ella: había hecho algo en vez de nada. Y, de repente, el destino no le pareció una idea tan lejana.

CATORCE
LISA PRAYTOR

En el momento en el que Solomon mencionó el tema de que Clark se pasara por su casa, Lisa supo que se había ganado su confianza por completo. Eso no era un gran progreso, claro, teniendo en cuenta que se había convertido prácticamente en un miembro de su familia. Lo que podría haber sido una amistad obligatoria con un chico trastornado se había convertido, en realidad, en una de las relaciones más sanas de su vida con una de las personas más sensatas que había conocido jamás y, no lo olvidéis, iba a convertir todos sus sueños en realidad.

Ya había llegado el momento de que Solomon conociera a Clark y se diera cuenta de que no importa cuánto te escondas: el mundo siempre te encuentra y te da razones para salir de las sombras. Lisa ya lo había salvado de una soledad completa, así que ahora era la hora de darle otro amigo del exterior. Sabía que, tan pronto como Clark entrara con su sonrisa grande y sincera y con esos ojos de color verde mar, Solomon, gay o no, se enamoraría. Clark era uno de esos chicos en cuyo club quieres que te acepten, y eso era algo que podías comprobar solo con verlo: una familiaridad y amabilidad que conseguía que los extraños se acercaran a él todo el tiempo para preguntarle por direcciones o para ver si era alguien que conocían.

Tenía un encanto natural que Lisa no era capaz de entender, pero ella había sucumbido, sin duda, ante él, y contaba con que a Solomon le pasara lo mismo.

Cuando se fue de la casa de Solomon esa noche, más tarde, fue directa a casa de Clark y nada más abrir la puerta le miró a los ojos y le dijo:

—Es la hora.

—¿La hora de qué? —le preguntó él, sin gracia, dejándola entrar y sentándose en el sofá.

—Solomon. Tú. Yo.

—Ah. Pensaba que no iba a pasar nunca —contestó sin dejar de mirar a la televisión.

—Mira, ya sé que he estado fuera mucho últimamente.

—¿Mucho? —dijo, girándose hacia ella—. Si no te viera en el insti ni siquiera me acordaría de tu cara.

—Como si pudieras olvidarla —bromeó.

—No vayas por ahí —le dijo—. Tengo derecho a estar enfadado.

—Lo sé. Pero esto lo va a arreglar todo.

—¿Eso crees? —preguntó, sarcásticamente—. Tengo muchísimas ganas de ser el sujetavelas entre tú y ese chico al que estás usando.

—Cuidado —le dijo, lanzándole una mirada que le hizo intimidarse.

—Hablando en serio. ¿Se supone que tengo que fingir que no lo estás utilizando? ¿Yo también tengo que mentir?

—No estoy mintiendo —respondió—. Soy su amiga, esa parte es real. No tenía que serlo, pero así es, y nunca puede saberlo. Somos los únicos que sabemos lo de la redacción.

—Mierda. Dime otra vez por qué querría hacer esto.

—Porque te necesita —dijo—. Y yo te necesito. Sé que está mal, lo sé, no soy una ingenua, pero creo que es la única manera. Además, es demasiado tarde para deshacer lo que ya he hecho…, que es ni más ni menos que algo jodidamente impresionante en términos de los tratamientos de Psicología experimental.

—Jesús, Lisa. Habla como una persona.

—Clark, vas a conocerlo y vas a entender por qué no puedo rendirme. Vas a ver lo que yo veo. Tenemos que ayudarlo a salir de ahí, el mundo lo necesita.

—Vale —aceptó—. Pero si es raro, no voy a volver. No me importa si eso arruina tu *tratamiento de Psicología experimental* o no.

Dado que a Lisa le preocupaba que Clark cambiara de opinión, planeó llevarlo a casa de Solomon el día siguiente. Todo saldría a la perfección, ya que Jason y Valerie iban a tener una de sus citas nocturnas. Lisa pensó que sería mejor cuanta menos gente hubiera, por si acaso Solomon o Clark se sintieran, en ese aspecto, nerviosos.

La tarde siguiente, parados en la puerta de su casa, Lisa miró a Clark y, con la ceja levantada, le preguntó si estaba preparado.

—Creo que debería haber traído un regalo o algo —dijo.

—No le vas a invitar al baile de graduación, tranquilo.

Cuando se abrió la puerta, apareció Solomon sigilosamente. Llevaba unos vaqueros azules, algo que Lisa nunca había visto, una camisa de botones y, para sorpresa de Lisa, unos zapatos.

—¿Zapatos nuevos? —preguntó.

—Sí —contestó, mirándolos—. Mi madre ha tenido que adivinar mi talla. Me quedan un poco grandes.

—¿Para que los quieres? —preguntó Clark—. O sea, perdona…, es que… yo no los llevaría nunca si…

—Sol, este es Clark Robbins. Un experto bocazas.

—Hola —saludó Solomon.

—He oído hablar mucho de ti, Solomon.

Clark extendió la mano y Lisa los miró estrechándosela: él fuera, Solomon dentro; la línea que dividía sus mundos nunca había sido tan evidente. Como cualquier otro día, Solomon se hizo a un lado y cerró la puerta después de que pasaran.

—¿Queréis algo de beber, chicos? —preguntó—. ¿Algo de comer quizá? Mi madre me dijo que os preguntara nada más llegar.

—No, gracias —dijo Lisa—. Y no le ofrezcas comida a Clark. Come como un oso antes de hibernar.

—Es verdad —aceptó él—. Es asqueroso.

—Nada de comida entonces —dijo Solomon—. ¿Nos sentamos?

Lisa abrió el camino hacia el salón y se sentó en el sofá. Cruzó las piernas y los miró poniendo una cara en plan «deberíais sentaros, idiotas». Así que Solomon se sentó en la silla que estaba donde la chimenea y Clark se sentó al lado de Lisa, pasando el brazo por encima del sofá.

—Esto es raro, ¿verdad? —preguntó Solomon, mirando al suelo.

—¿Sabes lo que es raro? —dijo Clark—. El monumento de Stonehenge.

—Y la Isla de Pascua —añadió Lisa.

Solomon los miró como si estuvieran diciendo cosas sin sentido y después dejó escapar una carcajada.

—Bueno, Clark —dijo—, como puedes ver, no salgo mucho, así que explícame por favor por qué el waterpolo es divertido.

—¿Waterpolo? Pensaba que simplemente formaba parte de un equipo malísimo de natación.

Lisa miró a Solomon, que, por supuesto, se reía con Clark. Estos dos hacían una pareja demasiado buena.

—Llevo mucho tiempo intentando sacarle una carcajada así —dijo Lisa, cruzándose de brazos.

—¿Puedo preguntaros algo, chicos? —dijo Solomon, con una expresión de seriedad repentina.

—Claro.

—¿Cómo lo hacéis? Esto me está matando.

Levantó una pierna y señaló el zapato; parecía una talla más grande y estaban pasados de moda. Eso hizo que a Lisa le gustara todavía más.

—Vas a tener que volver a acostumbrarte a ellos —dijo Lisa—. Tus pies se han vuelto muy delicados.

—Pies vírgenes —añadió Clark sin dudarlo.

—Qué buen nombre para una banda —apuntó Solomon.

—*Clark Robbins y los Pies Vírgenes* —completó Lisa.

—Me gusta —asintió Clark—. O quizá solo *Un Pie Virgen*.

—Puaj —dijo Lisa—. Eso ha sido raro.

—¿Sí? —dijo Solomon.

—Un poco.

—Vale… Vale —dijo Clark—. ¿Puedo preguntarte algo, tío?

—Claro —respondió Solomon, un poco preocupado.

—¿Nunca sales de casa? O sea, ¿ni un paso? ¿A escondidas tampoco?

—Clark… —se enfadó Lisa.

—No me malinterpretes —continuó Clark—. Podría ser peor. O sea…, dado que tienes que estar dentro todo el tiempo, al menos tu casa es bonita. Pero ¿nunca te apetece salir fuera?

—Bueno, sí —respondió Solomon, mirando hacia Lisa—. ¿No sabe lo de la piscina?

Señaló la puerta de cristal a su izquierda y al gran agujero del jardín.

—¿Crees que he venido aquí a jugar al ajedrez? —dijo Clark—. Me prometieron fiestas en la piscina y chicas en bikini y maratones de *Star Trek*.

—Te prometieron una cosa y media de todo eso —corrigió Lisa.

—Me parece justo. Va a ser genial, tío. Es la única manera real de defendernos frente al cambio climático.

—¿Nadar? —preguntó Solomon.

—Métete en la piscina y dime que el mundo está en llamas. No me lo creo.

—No entiendo nada —dijo Solomon.

—Ah, sí —dijo Lisa—. Clark no cree en el calentamiento global. Es lo único en lo que está de acuerdo con su madre.

—Bueno, también cree que soy listo, y eso es algo que no puedo discutir.

—No siempre intenta ser gracioso —señaló Lisa—. Este es Clark el Nervioso. Una sucesión de chistes.

—Me declaro culpable —dijo Clark.

—¿Por qué tendrías que estar tú tan nervioso? —preguntó Solomon.

—Por conocer a gente nueva, ya sabes —dijo Clark.

—Dile por qué más —apremió Lisa.

—Ah sí —dijo Clark—. Espero que esto no resulte maleducado y sé que acabamos de llegar y tal, pero esché la palabra holocubierta y necesito que ese sueño se haga realidad cuando estés preparado.

—Vale, hum…, claro, podemos ir a verla si quieres —dijo Solomon, levantándose.

—Quizá debería mantenerme al margen —bromeó Lisa.

—Nunca —dijo Clark.

A Lisa le costó creerse la emoción de Clark mientras seguían a Solomon por la cocina hasta la puerta del garaje, y pensó que daba la impresión de que Solomon parecía tan emocionado como él. Cuando se lo enseñó a ella, estaba casi avergonzado.

Se hicieron a un lado y antes de entrar Clark apretó, con tensión, la mano de Lisa. Se quedó en el centro de la habitación y dio una vuelta, despacio, mirando el suelo, las paredes y el techo con una expresión atónita. Solomon tenía la misma cara, pero no por la habitación. Miraba directamente a Clark hasta que Lisa lo pilló y reaccionó. Cuando cerró la puerta, la habitación se quedó a oscuras, excepto por la cinta.

—Increíble —susurró Clark, como si se lo dijera a sí mismo y no hubiera nadie a su alrededor.

—Es un poco ridículo, supongo —dijo Solomon.

—En absoluto —alegó Clark—. Ni un poco.

Lisa se quedó lo bastante cerca de Clark como para ver cómo cerraba los ojos un segundo y después los volvía a abrir.

—Vale, rápido —dijo—. Si pudieras ser cualquier personaje de *La nueva generación,* ¿cuál serías?

—Fácil —dijo Solomon—. Data. Por supuesto.

—Eso tiene sentido —dijo Clark.

—¿Tú?

—Siempre me gustó Wesley Crusher.

—¿Cómo? —Solomon estaba horrorizado—. A nadie le gusta Wesley Crusher.

—¿Por qué no? —preguntó Lisa.

—Es un Mary Sue total, un *alter ego* del autor —dijo Solomon—. Es demasiado perfecto.

—Pero salva todas las situaciones siempre —sostuvo—. O sea, siempre.

—Exacto. Es un *deus ex machina* parlanchín. Todo el mundo en la nave lo trata como a un niño tonto, después los salva a todos en el último minuto y todas las veces vuelven a tratarlo como a un niño tonto. ¿Tengo que recordarte que la nave estelar *Enterprise* está llena de genios científicos e ingenieros? ¿Por qué es este chaval que no puede entrar en la Academia de la Flota Estelar más listo que todos ellos?

—Buen argumento —dijo Clark—. A pesar de ello, lo sigo eligiendo. Así que, hum…, ¿dónde está el botón de encendido en esta habitación?

—Sí, ya lo sé… —dijo Solomon—. Solo hay pintura y cinta.

—¿Ves *Community*? —le preguntó Clark.

—He visto un episodio o dos.

—Uno de los personajes tiene una habitación como esta, la llama el Sueñatorio. Pero la suya funciona, más o menos… Te la enseñaré algún día.

—Eso sería genial —dijo Solomon—. ¿Por qué no puede existir? ¿Dónde está el futuro que nos prometieron, tío?

—Desde luego —dijo Clark—. Deberíamos tener cosas más chulas que los drones que traen papel higiénico.

—¿Los drones te traen papel higiénico? —preguntó Solomon.

—Vale, eso es guay en parte, pero aun así, ¿dónde está mi realidad virtual? ¿Dónde está mi coche volador? ¿Y dónde demonios está la teletransportación?

—¿Por qué no nos teletransportamos al salón, chicos? —sugirió Lisa—. Siento deciros que esta habitación me da un poco de dolor de cabeza.

—Vale —aceptó Clark, decepcionado—. Pero ¿puedo preguntarte una cosa más?

—Claro —dijo Solomon.

—¿Alguna vez te has quedado aquí con la puerta del garaje abierta?

—No.

—Interesante —dijo Clark.

Cuando volvieron al salón, sentados en el mismo lugar que habían estado antes, volvió el silencio incómodo. Era inevitable, pensó Lisa, pero estaba decidida a no dejar que nada amargara el día, así que se levantó inmediatamente de un salto, se acercó al armario donde guardaban los juegos de mesa y lo dejó abierto, mirándolos.

—Vamos a enseñarle a Clark cómo se juega al Munchkin para así poder destrozarlo.

—Me apunto —dijo Clark.

—Es muy buena —añadió Solomon, levantándose—. De hecho, es inquietante.

—No tengo piedad —dijo Lisa.

Una vez prepararon la mesa de la sala de estar, Lisa supo que había tomado la decisión correcta. Para aquel entonces, Solomon parecía más relajado mientras barajaba las cartas y empezaba a explicar las normas. Sin embargo, notó una diferencia entre la manera de explicárselo a Clark y cómo se lo había enseñado a ella. La primera vez, le había explicado sin orden ni concierto las normas básicas del juego y, al final, decidió simplemente empezar a jugar y a enseñarle mientras tanto. Pero con Clark se estaba tomando su tiempo para repasar cada norma y circunstancia por pequeña que fuera, y aunque se alargó más de lo que debería, Lisa supo por qué: por fin tenía algo que contarle a Clark y no quería terminar.

QUINCE
SOLOMON REED

Solomon no podía creer que este chico fuera de verdad. Sabía cinco frases en klingon *y* en dothraki y mostraba sus habilidades con una seguridad que normalmente habría molestado a Solomon, pero viniendo de Clark era algo adorable e inocente. Parecía que llevaba por allí toda la vida, y justo después de que Lisa los ganara a ambos en la primera partida, Solomon se dio cuenta de que habían estado ignorándola prácticamente todo el tiempo.

—Lo siento —dijo, mirándola—. Seguro que te estamos matando de aburrimiento.

—Más que matando —contestó ella, sonriendo—. El infierno estaba genial. Hay menos citas de *Star Trek.*

Terminaron jugando dos rondas más con un descanso entre medias para comer pizza. Lisa ganó la primera y Clark ganó la segunda. Era raro tener amigos así, en su casa, jugando una partida como si nada. No lo era para ellos, pensaba, lo que lo hacía perfecto, pues nada era forzado: solo estaban allí para divertirse.

Sin embargo, la mayor parte del tiempo él observaba a Clark. En cada turno le miraba en silencio la mano, dirigiendo la vista de un lado y otro de la mesa a las cartas antes de hacer un movimiento. Cuando cogía una buena carta levantaba su ceja derecha lo suficiente como para darse cuenta y, cuando le tocaba una mala, fruncía el ceño un poco; y a pesar de que Solomon se diera cuenta de estas cosas, estaba demasiado distraído como para ganarle.

—La suerte del principiante —sentenció, después de la segunda partida—. Llegará tu hora. Puedes estar seguro.

—¿Ah, sí? —preguntó Clark—. ¿Te gustaría que fuera más interesante?

—Sí —contestó—. Me apuesto la mano de tu novia.

—Espera…, ¿cómo? —dijo Lisa, recogiendo las cartas.

—Ah, puedes quedártela —bromeó Clark—. ¿Qué más tienes?

—Muy gracioso —dijo Lisa—. Se está haciendo tarde.

—Sí —acordó Clark—. ¿Dónde están tus padres?

—Se fueron a cenar y a ver una película —respondió Solomon.

—Vale, eso es algo que seguro que echas de menos —señaló Clark—. Ir al cine, me refiero.

—Sí, pero tengo wifi y televisión, así que no es para tanto.

—Pero ¿y las palomitas? —añadió Clark.

—A veces traen a casa.

—Colega, nosotros también podemos traerte cosas de fuera, ya sabes.

—No está en la cárcel, Clark.

—Lo siento… No quise decir eso.

—No, no pasa nada —dijo Solomon—. No echo nada de menos. Es más fácil de lo que pensáis.

—He visto esa película llamada *Copycat* —comentó Clark repentinamente.

—Sé cuál es —interrumpió Lisa—. Con la tía de *Alien*.

—Sí. Sigourney Weaver. En fin, ella hace de una psicóloga criminal que no puede salir de su apartamento, pero entonces se empieza a comer la cabeza ayudando a un detective a encontrar un asesino en serie.

—Ah, no, chicos. ¿Vosotros también necesitáis que os ayude a encontrar a un asesino en serie? —preguntó Solomon—. Eso lo explica todo.

—O puede que alguien más necesite tu ayuda para encontrarnos a nosotros —dijo Clark.

—Eso tiene sentido —dijo Solomon—. ¿Ahora vais a matarme?

—En serie —dijo Clark.

—Ahora estás haciendo el ridículo, tío.

—¿Por qué hay un asesino en serie en todas las series ahora? —preguntó Lisa—. Hay cinco en el mundo y mil en la televisión. Cada semana hay un nuevo sociópata haciendo esculturas con partes del cuerpo humano.

—Tienes una manera de decir las cosas, Lisa… —dijo Clark.

—Pero no le falta razón —añadió Solomon—. Si hubiera tantos asesinos en serie en la vida real, estaríamos todos cagados de miedo.

—¿Alguna vez te has cagado de miedo? —preguntó Clark—. O sea, te has asustado tanto que ni siquiera puedes pensar en cagar. Estás acabado. Para toda la vida.

—Qué bruto eres… —dijo Lisa.

—¿Y tú? —le preguntó Solomon a Clark.

—Ah, sí. Una vez… Creo que fue hace un año… Mi amigo TJ y yo entramos en una habitación de muñecas en casa de su abuela y te juro que vi una moviéndose.

—¿Una muñeca? —preguntó Solomon.

—Sí. La habitación estaba llena de muñecas viejas y escalofriantes desde el suelo hasta el techo. Esas que tienen mirada diabólica, ya sabes, que te siguen sin importar dónde vayas. Las coleccionaba. Debió haber sido una gran psicópata porque nada más entrar a esa habitación, sentí cómo el diablo intentaba meterse dentro de mí.

—Yo no creo en el diablo —dijo Solomon.

—Yo tampoco —añadió Lisa.

—No habéis visto lo que yo he visto —explicó Clark con verdadero espanto en los ojos.

—Estuvo asustadísimo durante una temporada —dijo Lisa—. Fue divertido.

—Aún no soy capaz de caminar por el pasillo de los juguetes del centro comercial —apuntó.

—Bueno, me estoy quedando dormida —comentó Lisa, estirando los brazos por encima de la cabeza—. Gracias por quedar con nosotros, Sol.

—Sí, cuando queráis —dijo.

Sonrió y alzó el puño para chocar con el suyo. Así era como se despedían siempre, pero de pronto se puso nervioso por hacerlo enfrente de su novio. Cuando los nudillos chocaron, Clark levantó la mano y grito: «¡Uno, dos, tres, listos!».

—Rarito —dijo Lisa—. Di adiós, Clark.

—Bueno, la noche ha sido demasiado corta, amigo mío —dijo Clark, extendiendo la mano a Solomon.

—¿Qué hacéis mañana, chicos? —preguntó mientras se apretaban la mano.

—Ah, hum… —Clark tenía una mirada de sorpresa en la cara.

—Lo siento —se disculpó Solomon—. O sea, gracias por venir.

—Mañana estoy libre —dijo Lisa, mirando a Clark con los ojos abiertos.

—Ah, sí. Yo también. Es sábado, de todos modos, así que me pasaré durmiendo la mitad del día, pero eso es todo.

—Perfecto —dijo Lisa—. Te llamo cuando estemos de camino.

Cuando se fueron, Solomon entró a la habitación y se dejó caer en la cama con los pies colgando por un lado. Estaba todo a oscuras excepto por el reflejo rojo de la alarma del reloj. De repente, todo se encontraba muy tranquilo, como siempre, y aunque se sentía aliviado por haberse quedado solo por fin, repasó toda la noche en su cabeza. Lo había superado sin problemas, pero en vez de celebrarlo, Solomon sintió que su corazón y su respiración se aceleraban y las manos empezaron a temblarle. Se giró y cogió un cojín, lo apretó contra su cara e intentó respirar hondo, y allí en medio de la oscuridad dejó que pasara mientras escuchaba llegar a sus padres. Cuando se abrió la puerta, lentamente, pocos minutos después, fingió estar dormido, con la cara aún cubierta.

La tarde siguiente, Lisa y Clark llegaron sobre las tres, y tan pronto como Solomon abrió la puerta, le ofrecieron un regalo cada uno.

—Pensaba que no estaba en la cárcel —dijo, ruborizándose, pero tratando de ignorarlo.

—Bueno, en verdad son para todos —añadió Lisa, sosteniendo un plato cubierto por un envoltorio de plástico rosa—. Es una receta secreta, son los mejores pasteles que vas a probar en tu vida.

—Es verdad —acordó Clark—. Y yo he traído algunos DVD que seguramente estén rayados.

—Genial. Todo. Entrad.

—Tío, ¿tus padres están alguna vez en casa? —preguntó Clark, mirando alrededor.

—Todo el tiempo —contestó—. Deberían estar a punto de llegar, de hecho.

No pasó mucho tiempo hasta que Solomon les propuso la revancha al Munchkin; lo tenía ya preparado y todo. Había pasado todo el día hecho un manojo de nervios esperándolos, dando vueltas por la casa y mirando el reloj, planeando todo lo que harían esa tarde. Primero jugarían, claro, pero después había pensado en ver una película o algo. Claro que eso era algo que podía hacer solo, pero desde que Lisa había aparecido le gustaba ver cómo reaccionaba a las cosas, lo que le hacía reír o temblar o ponerse triste. Esperaba que se quedaran después de terminar la peli para ver juntos en la tele *Saturday Night Live*. Sus padres habían dejado de verlo hacía años, pero era una tradición semanal a la que Solomon no estaba dispuesto a renunciar y estaba decidido a compartirla con alguien.

Después de la partida, se fueron a la cocina para comer algunos restos de pizza de la noche anterior. Solomon se subió a la encimera, Clark hizo lo mismo y Lisa se sentó en un taburete rotatorio de bar y se puso a dar vueltas lentamente mientras hablaban y comían. Por lo que fuera, Clark decidió sacar el tema de las citas, algo de lo que Solomon no estaba muy seguro de querer hablar.

—Vale…, vale… Pero, o sea, ¿no te apetece salir con alguien y esas cosas? —preguntó Clark.

Lisa dejó súbitamente de dar vueltas y miró a Solomon a los ojos.

—No sé —dijo, desprevenido.

—¿No sabes? —preguntó Clark—. Mira, hay muchos tíos ahí fuera, Sol. Muchos tíos.

—Sí, pero yo estoy aquí. Ellos allí. Así son las cosas.

—Clark, déjalo en paz —dijo Lisa.

—Vale, lo siento. Es que eres un partidazo, tío. Guapo. Gracioso. Tienes las siete temporadas de *STLNG* en DVD.

Aquello le hizo reír a Solomon y el rojo desapareció pronto de sus mejillas. A aquel tipo le daba igual que fuera gay o hetero o agorafóbico o lo que fuera. Era perfecto. Y era, seguramente, lo más parecido a un novio que Solomon iba a tener, lo que, a pesar de sonar descorazonador, para un chico que solo llevaba fuera del armario un mes era una victoria.

Unos minutos más tarde, los padres de Solomon llegaron a casa y se los encontraron bromeando y comiendo en la cocina.

—Gamberros —dijo el padre de Solomon.

—Mamá, papá, este es Clark.

Clark saltó de la encimera y se acercó a estrecharles la mano.

—Jason Reed. Encantado —saludó el padre de Solomon—. Esta es Valerie.

—Hola, encantado de conocerte —dijo Clark.

—Tienes unos dientes preciosos —le alabó Valerie—. ¿Usas hilo dental?

—Todos los días —contestó—. Y nunca he tenido una caries.

—Qué bueno oír eso —dijo—. Lisa, es un buen partido.

—He visto que vais a comprar una piscina —señaló Clark—. ¿Cuánto mide, unos dos metros y medio?

—¿Estás mirando para comprarte una, Clark? —preguntó Jason con una sonrisa.

—Ojalá —contestó—. Llevó pidiéndosela a mi madre desde que tenía cinco años.

—Ven a la nuestra cuando quieras —propuso Valerie.

—Genial.

—Sí, aunque no te guste Solomon —bromeó Jason.

—Guau. Buena, papá. Chicos, ¿queréis que vayamos a ver una peli o algo?

—Claro —dijo Lisa.

—Ah, se me olvidaba decirte —comentó Clark—. He comprado *Community* para que puedas ver el Sueñatorio.

—Genial —dijo Solomon.

—Vale, chicos, divertíos con lo que sea que signifique eso —sugirió Valerie—. Tengo un libro de Pat Conroy que no se va a leer solo.

—Y yo tengo un césped que cortar —dijo Jason, yéndose en dirección contraria a su mujer.

—Tío, son geniales.

—Sí, me caen bien —dijo Solomon.

—No, en serio. Mi madre es un caso perdido, tío. Tienes suerte.

—Tiene razón —dijo Lisa—. Puedes ser malísimo a las cartas, pero sin duda ganas al juego de los padres.

—Es una pena que les vuelva tan locos —lamentó—. Solían divertirse, irse de viaje y cosas así. Lo de anoche fue el rato más largo que han pasado fuera de casa desde hace tiempo, aparte del trabajo.

—¿Les da miedo dejarte solo? —preguntó Clark—. Me pareces bastante autosuficiente.

—No es eso —contestó—. Les hace sentirse culpables o algo. No sé. Es como si estuvieran esperando a que me ponga mejor.

—¿No te han llevado al loquero?

—Antes —dijo Solomon—. Venía una vez por semana.

—¿Cuándo dejó de hacerlo? —preguntó Lisa.

—Poco después del primer año. Seguía dándome esas pastillas que me sentaban mal. Lo supliqué una y otra vez y finalmente le dijeron que no viniera más.

—Yo vi a un terapeuta cuando era pequeño —confesó Clark—. Me daba miedo dormir solo en la habitación.

—Pero eso es normal —dijo Lisa.

—No cuando tienes doce años —añadió.

—Una vez le pregunté a mi padre si podía probar la marihuana —soltó Solomon.

—¿En serio? Tío, vamos a un instituto de California. Podemos conseguirte maría.

—Me lo apunto —dijo Solomon—. ¿Por eso dicen que sales *colocado* para trabajar?

—¡Buu! —dijo Lisa—. Inténtalo otra vez.

—Vale…, vale…, hum… ¿Upland? Está *colocado* en los mejores puestos del ranking de institutos.

Clark se rio, pero Lisa movió la cabeza e intentó no sonreír. A Solomon le encantaba ver cómo fingía siempre que su sentido del humor estaba por encima del de ellos cuando estaba claro que adoraba cada una de sus bromas estúpidas.

Finalmente, sobre las dos de la mañana, después de más partidas, un episodio malísimo de *STLNG* y unos cuantos chistes malos más, Lisa se levantó y dijo que era hora de irse. Clark parecía tan triste como Solomon, pero todos tenían los ojos llorosos del sueño. Solomon los acompañó a la puerta y le desearon buenas noches. Quiso preguntarles cuándo se volverían a ver, pero en el último minuto le pudo la timidez y no dijo nada; no podía invitarlos cada día y esperar que nunca dijeran que no.

Lisa lo abrazó por el cuello antes de salir, y cuando fue a darle la mano a Clark este lo apretó con fuerza por los hombros. No supo qué hacer ni si corresponder el abrazo o no, así que se quedó allí con los brazos quietos pero relajados y dejó que le abrazara. Entonces, Clark se apartó con una gran sonrisa en la cara: «Estás bien, chaval», le dijo.

Solomon les vio alejarse por la entrada y meterse al coche de Lisa. Esperó hasta que se encendió el motor y los faros se iluminaron y les despidió con la mano mientras daban marcha atrás y se iban, dejando el brazo levantado hasta que les perdió de vista. La verdad es que no había ocurrido antes, así que intentó pensar en otra cosa para evitar entrar en pánico, pero no se iba. Lo sintió. Era pequeño y complicado, pero lo sintió de todas formas. Quería seguirles. Quería salir fuera y seguirlos hasta el fin del mundo.

DIECISÉIS
LISA PRAYTOR

Hasta el momento, aquel había sido un fin de semana muy importante, y a pesar del peligro que suponía el sueño que tenía, Lisa llevó a Clark a casa con una ráfaga de energía y entusiasmo corriendo por sus venas. Sabía que ahora él también estaba a bordo, sobre todo después de ver la manera en la que había congeniado con Solomon. Lisa estaba muy emocionada por haberlos presentado, sentía que había hecho algo bueno: ahora ellos se tenían para hablar de holocubiertas y naves y ella tenía su billete para salir de Upland. Todos ganaban.

—Gracias —le dijo a Clark cuando llegaron a casa de su padre.

—¿Por qué?

—Por este fin de semana. Por no enfadarte conmigo por conocerlo.

—Aún estoy un poco enfadado —admitió, sonriendo—, pero me lo he pasado bien. Es muy… fácil con él, como si lo conociera desde siempre. Creo que puede que necesitara un Solomon Reed en mi vida.

—¿En serio?

—Es mucho mejor que mis otras opciones.

—Sé cuáles son, sí —dijo—. TJ preguntó ayer por ti en el insti. Hizo una broma estúpida sobre que eras un fantasma.

—Bien —dijo—. No tengo nada más que decirles a esos tíos.

—¿Y eso por qué?

—Porque son unos idiotas. En serio, si no se están riendo de alguien se ponen a hablar sobre la novia de otro que se quieren tirar.

—Qué asco.

—Sí. Y mira, a veces me río, pero después me siento como el culo todo el día. No soy como ellos, y no quiero serlo.

—Yo tampoco quiero que lo seas —le dijo.

—Bueno, mientras tú has estado por ahí con el chiflado más guay de la historia, yo he estado por casa sin hacer nada. Sé que esto es importante para ti, pero no puedes desaparecer sin más. ¿Y si no entro en una universidad que esté cerca de la tuya? ¿Quieres pasar nuestro último año saliendo con otro?

—Mira, lo siento, pero ahora puedes venir conmigo, ¿ves? Así funciona.

—¿Así que es o compartirte o estar solo? —preguntó, con asombro.

—No, no quería decir eso. Mira, perdóname, ¿vale? Lo voy a hacer mejor, de verdad.

—Vale. Sabes que Janis está enfadada contigo también, ¿no?

—Tengo un montón de mensajes sin contestar que lo confirman.

—Deberías ir a verla —sugirió Clark—. Sé que es tonta, pero habéis sido amigas toda la vida.

—No le he contado nada de Sol, ni una palabra.

—Bueno, solo hay una manera de arreglar eso. Estoy seguro de que lo entenderá.

—Querrá algo a cambio —supuso—. La justicia es muy importante para ella.

—Para mí también —dijo, inclinándose y besándole la frente—. Te veo mañana, doctora Praytor.

El día siguiente, Lisa se despertó por una bronca en la cocina entre su madre y Ron. Esta era de las grandes: golpes en los armarios, gritos, una o dos amenazas. Se quedó en la habitación hasta que terminaron, pero incluso entonces le llevó su tiempo bajar las escaleras, deseando que nadie la viera.

—¿Lisa?

—Mierda —se dijo a sí misma, doblando la esquina de la cocina—. ¿Sí?

Su madre estaba sentada en la mesa, en bata de seda y pantuflas, removiendo el café. Aquello no iba a ser de buen gusto, lo sabía, pero tenía que hacerlo. No podía dejar sola a su madre así, no después de la pelea que acababa de escuchar.

—¿Estás bien? —preguntó, sentándose enfrente de ella.

—He estado mejor.

—La verdad es que no sé qué decir, mamá.

—Lo sé, cariño. Yo tampoco.

—¿Se ha ido? —preguntó Lisa, cogiendo el café de su madre y dándole un sorbo.

—Sí.

Empezó a llorar, apretando la barbilla contra el pecho y sin mover un músculo. Solo emitía esos pequeños gemidos que ponían a Lisa tan nerviosa. ¿Por qué se hacía eso a sí misma? ¿Por qué seguía casándose con el mismo hombre una y otra vez? Lisa no sabía de qué se sorprendía: Ron era una copia exacta del anterior, y estaba bastante segura de que ambos eran una versión menos encantadora de su padre. A veces se preguntaba si lloraba por él, pues después de todos aquellos años cada novio nuevo era un sustituto malo del primero que la dejó.

Lisa extendió la mano y la puso sobre la de su madre. La dejó ahí, agarrando con el pulgar los dedos de su madre con fuerza, y después los soltó.

—Te voy a hablar sobre Solomon —dijo, levantándose para ponerse un poco de café.

—¿Quién?

Lisa le explicó toda la historia a su madre, intentando distraerla de la única manera que sabía: con algo que pareciera, de algún modo, un cotilleo. Su madre se había estado preguntando por qué insistía tanto en cambiar de dentista, así que aquello aclaró algo las cosas. Lisa, obviamente, se saltó la parte de la redacción escolar. No podía arriesgarse a que se lo quitaran de la cabeza, no después de que todo encajara tan bien. Y con Clark ahora en su equipo, sentía que sacar a Solomon de aquella casa era algo inevitable.

—Espera, espera —interrumpió su madre—. ¿Clark y tú estáis saliendo con este chico?

—Sí. Nos necesita, créeme.

—¿Qué tipo de padres dejan que su niño actúe de esa manera? ¿Sin salir de casa? ¿Sin ir a clase? A mí me parece que necesita una paliza.

—Guau, mamá.

—Nadie quiere ir a clase, Lisa. La mayoría de los niños se quedarían en casa todo el día si les dejaras, por eso mismo no les dejas.

—Te lo he dicho, tiene una enfermedad mental legítima, mamá. Sé más sensible.

—También lo dicen de los alcohólicos, que tienen una *enfermedad*. Sí, vale. ¿Se supone que el resto de nosotros tenemos que sentir lástima por todos los borrachos? Dame un respiro.

—Deberías escribir para *Psicología hoy* o algo. Eres una fuente de inspiración.

—Lo siento. Bueno, bien por ti y por Clark. Pero no te metas en problemas.

—¿Problemas? No creo que eso pueda pasar con Solomon.

—Yo también pensaba que no podía pasar con tres maridos diferentes, pero mira dónde estoy ahora.

—¿Con una hija inteligente y guapa y un trabajo estable?

—Qué graciosa —dijo—. Ya sabes a lo que me refiero.

—Mamá —suplicó Lisa, queriendo con todas sus fuerzas ser sincera, decirle que dejara de buscar la felicidad con esos sinvergüenzas, pero no podía—. Te quiero.

—Yo también te quiero, cariño. ¿Quieres que te haga algo para cenar?

—No, gracias. Tengo que ir a hablar con Janis. Llevo semanas pasando de ella y estoy bastante segura de que se ha enfadado conmigo.

Janis Plutko trabajaba en el centro comercial de la plaza Montclair, en un quiosco que vendía perfumes y relojes de la marca Fossil. Antes de Solomon, Lisa pasaba por allí varias veces a la semana y comían galletas de la Great American Cookie Company en la zona de restaurantes y veían vídeos de YouTube en sus teléfonos. Las pocas veces que Janis tenía un cliente, Lisa les daba un montón de muestras gratuitas y terminaba, normalmente, convenciéndoles para que compraran algo de la zona de liquidación. Siempre que Lisa aparecía por allí, Janis conseguía sus mejores ventas.

—Oye, tú —dijo Lisa, entrando en el quiosco.

Janis se dio la vuelta y le dirigió una especie de sonrisa a medias.

—Mira, sé que estás enfadada. Déjame invitarte a cenar para que podamos hablar.

—¿Qué hay que hablar? —preguntó—. Algunas personas, simplemente, se separan.

—Dios mío, ¿en serio?

—Lisa, apenas te he visto en un mes. No me trates como si no tuviera razón.

—Lo siento. Ven a cenar conmigo. ¿Puedes tomarte un descanso?

Cogió las llaves del mostrador junto a la caja registradora.

—Solo tengo quince minutos.

Se sentaron en la zona del restaurante, que estaba llena de gente, y se pidieron unas patatas fritas y un batido de leche para compartir. Lisa no iba a conseguir mucho de ella, pero intentó hacerlo lo mejor que pudo. Llevaban discutiendo sobre cosas estúpidas desde quinto de primaria, pero esta vez parecía realmente enfadada, y Lisa sabía que tenía que ser sincera sobre el asunto de Solomon para que la perdonara.

—¿Puedes guardar un secreto?

—Puede —susurró, inclinándose sobre la mesa.

—He estado trabajando en un proyecto para la universidad.

—¿En qué tipo de proyecto? ¿Tu primo? ¿Hablaste con él?

—No. ¿Te acuerdas del chico de la fuente?

—Claro.

—Lo encontré. Lleva tres años sin salir de casa. Y yo llevo saliendo con él tres semanas. Me va a conseguir la beca escolar, Janis.

—¿Hablas en serio? —seguía susurrando, pero elevaba la voz con cada palabra—. ¿Lo encontraste? ¿Estás loca?

—No —dijo Lisa, con calma—. Voy a salvarle la vida.

Janis se reclinó en el asiento y movió la cabeza durante unos segundos con los ojos puestos en Lisa.

—Bueno, perdóname por haber estado tan rara últimamente, pero he avanzado mucho con él. Creo que podría estar consiguiendo algo de verdad. Con una buena combinación de terapia de juego y una exposición social a largo tiempo, podría conseguir que se sintiera preparado para salir al mundo de nuevo este otoño.

—Lisa… Estás fingiendo ser la amiga de este niño para poder escribir sobre ello y conseguir una beca.

—Me cuesta llamarle niño. Es solo un año más pequeño que nosotras.

—¿No entiendes por qué está mal esto? Porque eres la persona más inteligente que conozco, y si no puedes verlo tú, entonces necesito reevaluar un montón de cosas en mi vida.

—Lo entiendo —aceptó Lisa—. Pero igual que le dije a Clark, es un medio para un fin. Es efectivo. Si algo funciona, si le cura, entonces por qué importa cómo sea. Nunca lo sabrá y estará mejor. En este punto, descubrirlo es lo único que podría hacerle daño.

—¿Imagino que lo has hecho a propósito?

—Dios, actúas como si yo fuera una estafadora. Quiero ayudarlo, llevo mucho tiempo queriendo hacerlo, ¿te acuerdas? Ahora puedo ayudarlo e ir a un sitio que me enseñe cómo ayudar a más personas. ¿Qué hay de malo en eso, Janis?

—Déjame conocerlo.

—De ningún modo —dijo Lisa.

—¿Por qué no?

—No está preparado, aún se está acostumbrando a mí y acaba de conocer a Clark. No puedo agobiarle.

—¿También se ve con Clark? Cielos, Lisa, ¿qué tipo de terapia es esta?

—Como te he dicho, es experimental. Solo necesita aprender que no hay nada que temer ahí fuera.

—Quizá sí lo haya. ¿Has pensado en eso?

—No —negó Lisa, con la mirada perdida.

—¿Así que se supone que tengo que perdonarte que hayas desaparecido porque el motivo era que ibas a ayudar a un niño loco?

—No está loco —rebatió, enfadada—. Solo tiene una mala relación con el mundo.

—Lleva tres años sin salir de casa. A mí me suena un poco a loco.

—Tiene agorafobia aguda provocada por ataques severos de ansiedad. Cuando sale de casa, la ansiedad empeora. Cualquiera de nosotros haría lo que fuera para sentirse a salvo, igual que él. Es supervivencia. Pero esa no es manera de vivir y no importa lo que me diga, sé que será feliz ahí fuera, y nos lo merecemos.

—Vale. Lo que tú digas. Te perdono, ¿vale? Pero no me parece bien.

—No te tiene que parecer bien, simplemente no se lo digas a nadie. Podría estropearlo todo.

—Vale, pero necesito un favor.

—Mierda —dijo Lisa—. No lo digas.

—Campamento Elizabeth. Necesitan un monitor más y sé que te lo pasaste bien el año pasado, aunque intentaras disimularlo.

—Dios, no puedo, Janis. Me he reservado a propósito todo el verano para intentar ayudar a Solomon y yo…

—Lisa —dijo, cruzándose de brazos—. Me lo debes. Ven conmigo al campamento y te perdonaré que me hayas abandonado como a un perro.

—Vale… Relájate un poco.

—Un perro, Lisa. Un perro enfermo. Abandonado al amparo de las montañas del instituto de Upland. Son solo dos semanas. Empieza el quince de junio. Di que sí.

—Vale, me las apañaré, pero no voy a dar clases de canoa.

—Necesitan que des clases de canoa.

—Mierda.

Más tarde, ese mismo día, después de que Lisa hubiera terminado todas sus tareas, llamó a Clark para ver si podía pasarse por allí. Pensó que tras un fin de semana entero saliendo con un extraño, su novio se había ganado un poco de tiempo a solas. Además, no era capaz de acordarse de cuándo era la última vez que se habían besado.

—Deberíamos ir a ver a Sol —dijo él.

—¿Otra vez?

—Sí, ¿por qué no? Seguro que no está ocupado.

—Estoy de acuerdo —convino—. A no ser que prefieras…, hum…, hacer otra cosa, ¿sabes a lo que me refiero?

—No, creo que deberíamos ir a ver a Sol. ¿Quizá más tarde?

Algo desconcertada, pero feliz por poder continuar con el tratamiento de Sol, Lisa lo llamó para ver si estaba disponible para una visita y, a juzgar por su tono, parecía que llevaba todo el día esperando junto al teléfono. No era capaz de imaginarse lo que habría sido para él pasar tanto tiempo sin alguien con quien hablar que no fuera sus padres o su abuela. Y aunque sentía que el mes anterior había avanzado mucho, parecía que Clark había conseguido despertar algo nuevo en él…, algo menos consciente y más seguro. Quizá intentaba impresionarlo o, quizá, Solomon pensaba que él y Clark vivían en el mismo mundo, mientras el resto iba de aquí para allá sin ser capaces de entender cosas como las complejidades de las relaciones entre los klingon y los humanos o qué narices era una khaleesi.

Cuando llegaron a la casa de Solomon, toda la familia estaba en el salón viendo un partido de béisbol de los Angels. Habían visto juntos las tres últimas entradas y la madre de Solomon, de vez en cuando, gritaba a la pantalla, lo que hacía reír a Clark.

—Es una apasionada de los deportes —explicó Solomon.

—Y Sol es un apasionado de reírse de su madre —añadió Valerie—. Estuvimos a punto de tener otro hijo con la esperanza de que saliera fan de los deportes.

—Podéis adoptarme —apuntó Clark—. Mi madre odia los deportes y mi padre ni siquiera me enseñó a tirar una pelota.

—Eso…, bueno, eso es triste, hijo —admitió el padre de Solomon, mirando a Clark y moviendo la cabeza.

—No te lo creas —dijo Lisa—. Tiene como veinte hermanos mayores, pero todos se han mudado.

—Son tres, en realidad, pero parecen veinte —añadió Clark.

—Santo Dios —exclamó Solomon—. Eso es un montón de tíos.

—¿Están todos en la universidad? —preguntó la madre de Solomon.

—Dos de ellos —contestó Clark—. Y el otro es un tatuador famoso de Hollywood.

—Siempre he querido hacerme un tatuaje —confesó Solomon.

—¿Ah sí? ¿Qué te harías? —preguntó Lisa.

—La nave estelar *Enterprise*.

—Sí —dijo Clark—. Seguro que mi hermano puede venir a hacértelo.

—No —rebatió el padre de Solomon—. No hasta que cumplas los dieciocho.

—¿Qué problema hay? —preguntó Solomon.

Jason lo miró y, sin protestar, Solomon lo dejó y cambió de tema. Al mismo tiempo, Lisa estaba consternada, asombrada por su control. Quizá algunas familias, simplemente, no discutían. Seguramente nunca lo sabría, pero no se podía imaginar a aquellas personas levantando la voz por algo que no fuera una falta.

Aquella noche de domingo fue la primera de muchas. Lisa y Clark se convirtieron rápidamente en habituales de la casa de los Reed; aparecían por allí después del instituto y se quedaban durante horas, a veces de madrugada, aunque al día siguiente tuvieran clase. Con cada nueva visita, Clark y Solomon descubrían nuevos intereses en común, ya fuera una película de serie B que Lisa no conocía o alguna página de fans donde nunca la encontrarían. Parecía que siempre había algo que los acercaba más, y aunque alguna vez deseaba que solo estuvieran ella y Clark, sabía que el sacrificio merecía la pena.

Además, todo ese tiempo siendo la sujetavelas le había permitido observar a Solomon muy de cerca, seguramente mucho más de lo que podría haberlo hecho sin Clark. Se había convertido en una experta intuyendo su ánimo y siempre estaba preparada para dar un paso adelante y ayudarlo en caso de que la ansiedad apareciera. Los indicios eran sutiles, pero llegados a ese punto los conocía muy bien. Si algo o alguien hablaba demasiado alto o hacía mucho ruido, le temblaba ligeramente el ojo izquierdo. También le pasaba si se ponía particularmente nervioso o perdía el control sobre algo que había dicho o hecho. Algunas veces, era como si reaccionara a un daño físico, pero la mayor parte del tiempo solo era un pequeño temblor en el ojo izquierdo y nada más.

Lisa solo se preocupaba cuando él salía de la habitación. Nadie iba al baño tantas veces, por lo que ella estaba segura de que era su manera de controlar la respiración o de calmarse para evitar que la ansiedad se apoderara de él. Habría sido fácil olvidar que él era así. Clark parecía olvidarlo por completo, y eso era bueno, pensaba Lisa.

Trataba a Solomon tal y como ella esperaba, como si fuera normal. Quizá si alguien como Clark podía ignorar los problemas de Solomon, todos los demás también podrían.

Pero entonces, claro, Solomon tuvo una crisis completa delante de Clark. Fue tan sorprendente como rápida. Los tres estaban sentados alrededor del ordenador cuando de repente puso la cabeza sobre el escritorio y empezó a pulsar el teclado con los dedos rápidamente. Clark miró a Lisa y se encogió, retrocediendo y mirándola como si ella supiera qué narices tenían que hacer. Lo sabía. Solo era la segunda vez que era testigo de un ataque, pero se puso en marcha sin duda. Cogió aire, se agachó hasta que su cara estuvo justo al lado de la de Solomon y empezó a hablar con el tono más calmado posible.

—Sol, ¿puedes respirar lentamente conmigo?

—Sí —dijo. Sonaba como si estuviera llorando, pero no estaba segura.

—Vale. Voy a contar hasta diez. Inhala lentamente hasta cinco y después exhala despacio.

Contó y él respiró. Entonces contó de nuevo. Clark, sin saber qué decir o hacer, cogió su teléfono y lo miró, como si hubiera algo en la pantalla.

—Chicos, ¿podéis darme un minuto? —preguntó Solomon, reclinándose con los ojos cerrados.

Lisa se levantó y cogió a Clark de la mano, sacándolo al pasillo. Con la puerta cerrada, abrazó a Clark por el torso y le apretó con fuerza.

—¿Está bien? —susurró.

—Creo que sí. Puede que avergonzado.

—¿Qué debería decirle?

—Haz como que no ha ocurrido hasta que no saque él el tema.

Cuando Solomon abrió la puerta, parecía encontrarse mejor. Lisa estaba casi segura de que había llorado, pero no parecía especialmente triste o avergonzado ni nada. Quizá un poco cansado, pero con el poco sol que le daba, siempre tenía ese aspecto. Les pidió que volvieran a entrar y después se sentó de nuevo al escritorio.

—Lo siento —dijo, derrotado.

—¿Por qué? —preguntó Clark.

—No tienes que hacer eso —dijo—. De hecho, me ayuda no ignorarlo. Es raro.

—¿Estás bien? —preguntó Lisa.

—Estoy bien. Ha sido rápido.

—¿Cada cuánto tiempo te ocurre? —preguntó Clark.

—Depende. Este ha sido el primero en varias semanas.

—Mierda —dijo Clark.

—No pasa nada —añadió Solomon—. Puedo con ello. Antes, pasaba cada día. Todos los días. En el colegio, en el autobús, en fuentes de vez en cuando.

—Nunca te lo he preguntado —dijo Lisa—. ¿Por qué la fuente?

—Es el agua —contestó él—. Me calma.

—¿Por eso quieres una piscina? —preguntó Clark.

—Supongo que, en parte, sí. También es que lo echo de menos. Echo de menos salir.

—Yo también lo echaría de menos —confesó Clark—. Así que tienes dos buenos motivos para hacerlo.

—¿Y si no puedo? —preguntó—. ¿Y si han pasado por todo esto y tienen esperanzas y yo no soy capaz de dar un solo paso ahí fuera?

—Se quedarán decepcionados —admitió Lisa—, pero lo entenderán. ¿Crees que creen que esto va a funcionar?

—Seguramente no.

—Entonces espera a ver qué pasa antes de asumir la derrota —sugirió Clark—. De cualquier manera, estarás bien, y cuando llegue el momento, si nos necesitas para ayudarte, ahí estaremos.

—Tú solo quieres nadar en mi piscina —dijo Solomon con una gran sonrisa.

—Por supuesto que sí, salgas o no, colega —admitió Clark—. Estaba pensando en presentarme de voluntario para ser el chico de la piscina y puede que construirme una pequeña choza en el jardín.

—Sol, si no quieres que Clark vuelva a tu casa, puedes decirlo.

—Puede quedarse. Mirad, hasta que vea que no puedo salir ahí fuera, mantengamos la esperanza, ¿vale?

—Ahí lo llevas —dijo Clark, inclinándose para chocarle los cinco—. Solo tienes que esperar, tío. Nos van a salir quemaduras todo el verano.

—A mí no —se opuso Lisa—. El melanoma existe y nunca eres demasiado joven como para librarte.

—Por cierto, ella es la jefa de la policía de la protección solar.

—Yo no elegí ser así —se defendió Lisa—. Me eligió a mí.

—Bien —añadió Solomon, levantándose—. Nada más conocerte supe que algún día me salvarías la vida.

SEGUNDA PARTE
Verano - Un mes más tarde

DIECISIETE
SOLOMON REED

Para Solomon, el verano no fue muy importante. Hizo la misma cantidad de tareas que siempre siguiendo un esquema que había descubierto que le salvaría de un año entero de instituto. Si trabajaba durante todo el verano, tendría los créditos suficientes para conseguir el título justo después de cumplir diecisiete, pero desde que había conocido a Clark y Lisa se había relajado un poco. Era fácil distraerse con ellos, y mucho más cuando aparecían por allí casi todos los días.

Sin embargo, no iban siempre los dos. Lisa, que estaba en el Consejo Estudiantil y en el equipo del anuario, se agobió de pronto al final de curso, así que Clark empezó a pasarse por allí sin ella. Al principio, Lisa hizo una montaña de un grano de arena: llamó a Solomon una tarde, con ese tono suyo tan calmado, y le explicó lo ocupada que iba a estar las siguientes semanas. Poco después, Solomon la cortó.

—Claro que Clark puede venir sin ti.

—Ya lo sé, pero quería estar segura. ¿Y si lo odias en secreto y has estado quedando con él por mí o algo?

—¿Eso es lo que piensas?

—Ayer pasasteis dos horas escribiendo una canción para un juego de mesa. Creo que seguramente seas el mejor amigo que ha tenido en su vida.

—Es una canción genial.

Al principio resultó un poco extraño, pero las cosas no fueron tan diferentes sin Lisa. Solomon se dio cuenta, sin embargo, de que cada vez que tenía la oportunidad de pasarse por allí parecía distraída, se sentaba callada y los observaba mientras ellos hablaban sobre todas esas cosas que ella pensaba que eran absurdas. A veces, Solomon se preguntaba si estaba grabando en su cabeza un documental sobre los adolescentes en su hábitat natural.

El hecho de que se acostumbraran a su ausencia era bueno, porque tan pronto como llegaron las vacaciones Lisa tuvo que irse al Campamento Elizabeth. Solomon se lo imaginaba como un infierno, al mismo nivel de unas clases para aprender a hacer nudos y un entrenamiento de supervivencia en el desierto. Y las pocas veces que Lisa hablaba sobre ello, no parecía contenta tampoco. Aparentemente, era su amiga Janis la que le obligaba a ir, alguien a quien Solomon tenía prohibido conocer.

—Intentará rociarte con agua bendita.

—No me importa.

Clark trabajaba los veranos como socorrista en la piscina comunitaria de Upland. Lo odiaba porque sus turnos eran de seis a once de la mañana cinco días a la semana. A veces, cuando iba a casa de Solomon después del trabajo, se quedaba dormido en el sofá. Incluso algunas tardes se quedaba pillado en medio de una frase y caía completamente dormido, así que Solomon se ponía a leer o a ver la televisión hasta que se despertaba.

—Tengo muchas ganas de dejarlo —soltó Clark un día—. Estoy como un zombi.

—Pues limítate a pasar el rato aquí, con toda la comida y Netflix que puedas aguantar y una piscina en camino.

—Mi madre no me dejará —dijo.

—Bueno, si no gastas dinero, no lo necesitas, ¿no?

—Sí, pero no es solo eso. Quiere que me responsabilice y es bueno para las solicitudes de la universidad.

—A Lisa le preocupa que no vayas.

—¿A la universidad? —preguntó Clark—. Puede que no vaya. No lo sé aún.

—¿Qué otra cosa harías?

—Todavía no lo sé.

—A ver, ¿qué se te da bien? ¿Además de hablar lenguajes inventados?

—Nadar —contestó—, pero no soy suficientemente bueno como para dedicarme a ello.

—Qué mierda. ¿Estás seguro?

—Sería una carrera muy corta. ¿Y luego qué?

—Quizá podrían pagarte por jugar a videojuegos o algo. ¿No necesitan gente para eso?

—Ah, no —se negó—. No quiero que mi hobby se convierta en mi trabajo. Eso sería una pesadilla. No, gracias.

—Pero te pagarían por hacer lo que te gusta —argumentó Solomon.

—¿Y si eso hace que me deje de gustar? No puedo arriesgarme, tío.

—A mi padre le encanta construir cosas y le encantan las pelis, así que hace platós. Tremendo, ¿no?

—Sí que parece feliz —valoró Clark—, pero ¿cuáles son las posibilidades de que alguien me contrate para jugar a videojuegos todo el día? Ojalá fuera posible, pero creo que es algo bastante complicado.

—Me pregunto si yo tendré trabajo algún día —dijo Solomon.

—Podrías trabajar por internet, supongo.

—Si no me pongo mejor, ¿quieres decir?

—Ah. No… Es que…

—Oye, lo acepto. Quizá te parezca una locura, pero puede que ese jardín sea el sitio más lejano al que vaya.

—¿Has pensado alguna vez en salir fuera otra vez? ¿Ir más allá?

—Antes no —dijo—, no demasiado. Solo pensarlo me causaba un ataque de ansiedad.

—¿Y ahora?

—Aún me da mucho miedo, pero al menos puedo hablar sobre ello sin llorar, así que es una victoria.

—Bueno, quizá puedas imaginarte con nosotros, ¿no? Como si saliéramos contigo, así no te dará tanto miedo.

Solomon tenía días buenos y días malos, pero los buenos superaban a los malos desde que Lisa y Clark habían empezado a ir por allí. A veces, sin embargo, aparecían y lo encontraban totalmente exhausto, como si hubiera perdido su encanto, y moviéndose a cámara lenta. Eso es lo que conseguían los ataques, pues la respuesta física a la ansiedad puede quitar toda la energía de una persona, sin importar lo que la cause o cuánto dure. Lo que Solomon tenía era implacable y astuto e igual de inteligente que cualquier otra enfermedad. Era como un virus o un cáncer que se escondía el tiempo necesario para engañarle y hacerle pensar que se había ido, y ya que aparecía cuando se le ponía en las narices, él había aprendido a ser sincero y consciente de que la vergüenza solo lo empeoraba.

—Clark —dijo—. Me estoy mareando.

Era la mejor manera de describirlo: mareo. La ansiedad funciona de una manera diferente con cada uno, pero sin duda aparece con pensamientos cíclicos. Imágenes en bucle que uno no puede controlar o parar, o al menos no fácilmente. A veces, Solomon se ponía a pensar en la muerte de uno de sus padres. Entonces, ese pensamiento se convertía en la muerte de los dos y antes de que se diera cuenta, pensaba que algo trágico les ocurría: un accidente de coche, un tiroteo al azar, un terremoto, y todo aquello se repetía en bucle en su cabeza tan rápido y de una manera tan intensa que lo único que podía hacer era apretar los puños e intentar respirar tan despacio como le fuera posible para que no le superara, para que no perdiera el control, como ya le había pasado en otras ocasiones.

La manera que tenía Clark de afrontarlo consistía en convertirse en un maestro de la terapia de distracción, lo que no funcionaba siempre pero se agradecía. Cuando Solomon parecía especialmente agobiado, Clark se esforzaba por mantener a su amigo distraído y, con el tiempo, aquello empezaba a funcionar.

—Necesitamos un trabajo —sugirió Clark el día que Lisa se fue al campamento.

—Tienes razón. No puedo jugar a una sola partida más de cartas o me voy a volver loco.

—¿Sabes algo de coches?

—¿Tú qué crees?

—Creo que es una pregunta tonta —dijo—. ¿Tu padre sabe?

—No sé, seguramente. ¿El tuyo no?

—Llevo seis meses pidiéndole ayuda para arreglar la furgoneta y aún no lo ha hecho, así que me rindo.

—¿Qué le pasa?

—Bueno, es una mierda. Pagué trescientos dólares por ella en noviembre del año pasado y, sinceramente, no me puedo creer que no haya explotado todavía. Me da demasiado miedo conducirla por la autopista porque, a veces, cuando me pongo a cincuenta empieza a salir humo.

—Eso no puede ser bueno.

—También tengo que limpiarla. Huele a calcetín mojado y creo que hay algo muerto en el maletero, pero me da mucho miedo mirar. Lisa no va a montarse nunca más.

Solomon entró a la cocina para ver por la ventana la furgoneta de Clark, aparcada en la entrada. Era de color verde oscuro, pintada a mano, y en la parte delantera tenía dos tapacubos diferentes y lo que parecía ser un pinchazo.

—¿Puedes meterla en el garaje?

—¿Te refieres a la holocubierta? —preguntó Clark, con tono ofendido.

—Ahí no molestará a nadie —dijo Solomon—. No puedo ayudarte a arreglarla, pero sí a limpiarla, y quizá cuando llegue mi padre pueda echarle un vistazo al motor.

Unos minutos más tarde, con el débil destello que proyectaba una bombilla sucia por todo el garaje como única luz, Clark saltó a la parte de atrás de la furgoneta. Era asqueroso, por llamarlo de alguna manera, así que Solomon se quedó fuera, dejando abierta una bolsa de basura negra y enorme con la cara girada.

—¿Estás bien? —preguntó Clark, divertido.

—Date prisa y no me tires los restos de ningún muerto.

—¿Y de algún vivo?

Media hora más tarde, Solomon ató la primera bolsa de basura y entró a casa para tomar un descanso. Se encontró a su padre en la cocina y casi le dio un susto de muerte.

—¡Joder! —gritó.

—Esa boca —reprendió su padre—. ¿Quién eres, tu madre? Oye, ¿qué andas tramando?

—Estamos limpiando la furgoneta de Clark.

—¿Clark está aquí?

—Está en el garaje.

Su padre lo siguió y le ayudó con la bolsa de basura mientras Clark tiraba las latas de refresco, las bolsas arrugadas de comida basura y cosas raras de todo tipo, como unos vaqueros cortos rotos y un balón de baloncesto desinflado.

—¿Eres un hombre lobo adolescente, Clark? —preguntó el padre de Solomon.

—Solo los fines de semana.

Tomaron un descanso para cenar, pues Clark solía quedarse la mayoría de las noches. A Valerie le encantaba sentir que tenía dos hijos plenamente funcionales en vez de uno con problemas; obviamente no lo decía en voz alta, pero Solomon era bastante listo para verlo, en su cara y en la de su padre. Antes de llegar al postre, Clark ya le había convencido para echar un vistazo a la furgoneta. Para cuando llegó la medianoche, Jason estaba cubierto en aceite y grasa desde los codos hasta los dedos. Había estado mirando el motor y haciendo una lista de las cosas que necesitaban para que volviese a funcionar. Solomon había tomado nota de todo lo que su padre decía, que era lo único que sabía hacer, pero la mayor parte del tiempo miraba a Clark asintiendo al escuchar todas esas cosas tan técnicas que describía Jason, fingiendo que entendía todo.

—Puede que necesites un nuevo carburador —dijo su padre.

—Sí, sí —acordó Clark—. Totalmente.

Y puede que fuera porque Lisa llevaba mucho tiempo fuera o porque los humos que salían del motor eran potencialmente tóxicos, pero aquella fue la noche en la que Solomon se dio cuenta de lo que sentía realmente por Clark Robbins. Llevaba semanas ignorando ese sentimiento que le pinzaba el estómago cuando Clark aparecía, aquel acelerón en el pecho que confundía muchas veces con ansiedad pero que era, de hecho, otra cosa, algo que no había sentido antes. A Clark no le importaba dónde estaba o dónde iba, y aunque a Solomon le daba miedo llamarlo amor, ¿qué otra cosa podía ser? Estaba ahí. Era real. Y si no tenía cuidado, con el tiempo lo estropearía todo.

DIECIOCHO
LISA PRAYTOR

Cuando Lisa era pequeña, el campamento era algo muy divertido. Había llegado a conocer a chicas interesantes de sitios lejanos como Phoenix o Salt Lake City con las que compartía idiomas secretos y canciones sobre la naturaleza en las cabañas, pero según se había ido haciendo mayor y había alcanzado esa edad crucial en la que ser monitora del campamento era su única opción, Lisa sentía nostalgia por cómo habían sido las cosas en el pasado.

Ahora, como monitora, estaba a cargo de su propia cabaña, que se completaba con diez chicas y una monitora senior. La monitora senior era Janis, a quien le estaba costando olvidar que ese campamento, uno de los tres que supervisaba cada verano, no era religioso, como los otros dos.

—Oremos —dijo la tercera noche, justo antes de que se apagaran las luces.

—Dejemos a un lado lo religioso —susurró Lisa desde la litera.

—O sea... Dulces sueños, acampados.

La primera semana del campamento pasó bastante rápido, con un único accidente de canoa y sin noticias de virus estomacales desde las otras cabañas. Aunque se preguntaba cómo les iría a Clark y a Solomon sin ella, Lisa, para variar, se lo pasó bien con otras chicas. Llevaba siete días sin escuchar las palabras «*Star Trek*» y se sentía muy bien.

Lo único que iba un poco mal era lo de Janis. Lisa sabía que no iba a ser fácil, pero había pensado que dejar un poco aparte su preciado tiempo con Solomon para ir al campamento en el último momento haría que las cosas volvieran a la normalidad entre ellas. Se equivocaba. Janis aún seguía molesta y hacía constantemente bromas sobre que Lisa se esfumaba o sobre lo rara que era. Ella cerraba la boca para no discutir delante de los acampados, pero ahora Lisa empezaba a cabrearse. Aun así, sabía que la última semana del campamento iría mucho mejor si intentaba mantener la paz, al menos mientras Janis la dejara.

—Escucha —dijo Lisa, sentándose frente a Janis en el comedor—, tenemos que hablar con Chloe. Si no aprende a llevar una canoa, tendrá que ir de nuevo a clase el próximo verano.

—Lisa, hazlo por ella. No la estamos entrenando para las Olimpiadas.

—No puedo hacerlo y lo sabes. ¿Dónde está tu orgullo del Campamento Elizabeth?

—Lo siento, pero esa chica es inútil. Hundió tres canoas y un kayak el verano pasado.

—Ah, me acuerdo de eso.

—Bueno, ¿te lo estás pasando bien? ¿Te alegra haber venido? —preguntó Janis, sin gracia.

—Puede.

—Era lo mínimo que podías hacer, la verdad.

—¿Qué significa eso?

—Sabes perfectamente lo que significa —dijo Janis—. Además, estoy tratando de salvarte de ese niño loco. Estoy segura de que necesitas un descanso.

—No está loco —rebatió Lisa—. Y no necesito que me salves de nada.

—Sabes, puede que yo sea demasiado normal como para ser tu amiga. ¿No te doy problemas suficientes para que los soluciones, Lisa?

—Tengo bastantes problemas, créeme.

A Janis le pilló por sorpresa que Lisa se hubiera defendido por fin. Se acercó, poniendo las manos sobre la mesa, y con esa mirada maligna que solía tener antes de encontrar a Jesús, Janis sonrió brevemente antes de empezar a hablar.

—No cargues toda tu rabia contra mí. No puedo hacer nada si tu novio está enamorado de ese niño loco. Intenté avisarte.

—Eres ridícula.

—Eres tan inteligente, Lisa. Siempre dices que quieres ayudar a la gente y convertirte algún día en una psiquiatra increíble, pero ni siquiera eres capaz de ver lo que está pasando delante de ti. ¿Dónde crees que está Clark ahora mismo?

—Está con su amigo. Nuestro amigo. No te inventes cosas porque estés celosa.

—Vale, paso —dijo Janis en voz alta, levantando las manos.

—¿Pasas?

—Sí. Pásatelo bien regañando tú sola a los de la Cabina Doce.

Janis salió corriendo y Lisa se quedó sola a las puertas del comedor, de pie, con un grupo de niños mirándola.

Les mostró una sonrisa forzada y volvió a entrar para comer algo. Siguió con esa sonrisa en la cara todo el día, asumiendo el papel de dos monitores hasta que los jefes del campamento pudieran mandarle a alguien para ayudarla. Janis había irrumpido en la oficina del coordinador principal para pedirle que la cambiara de cabaña. Lisa estaba convencida de que le había contado alguna mentira sobre ella para facilitar las cosas, pero ¿qué conseguiría con decirles la verdad? Al menos, ahora nadie le recordaría cada quince minutos lo mala amiga que era durante el resto del campamento.

Más tarde, mientras los acampados cenaban y miraban a los grupos de improvisación, otras dos monitoras, Tara y Lydia, se sentaron con Lisa con esa mirada hambrienta que tenían cada vez que había algún cotilleo flotando por el ambiente.

—He oído que te llamó puta. ¿Eso es lo que ha pasado? —susurró Tara.

—No, ya te lo he contado. Ha dicho que su novio es gay —añadió Lydia.

—¿Ella? ¿Por qué haría eso? —preguntó Tara.

—¿Os podéis callar las dos? —dijo Lisa, susurrando un poco más alto que ellas—. No pasa nada. Simplemente está celosa.

—He oído que tu novio ha estado pasando el rato con un chico gay —comentó Lydia—. ¿Es verdad?

—Son muy buenos amigos —defendió Lisa—. También es mi amigo. No hay nada malo en ello.

—¿Salen sin ti? —preguntó Tara.

—Claro.

Entonces, Tara y Lydia se echaron una mirada rápidamente y se volvieron hacia ella con una mirada de lástima.

—¿Estás bien? —preguntó Lydia.

—Maldita sea. ¿Podéis escucharme las dos? Mi amigo Sol es gay. Mi novio Clark no. Lo sé porque es mi novio. Así que dejadlo y por favor dejad de escuchar a Janis.

—Déjame hacerte una pregunta —dijo Tara—, ¿tenéis sexo?

—Eso no es de tu incumbencia.

—Solamente contesta la pregunta —ordenó Lydia.

—Hemos estado a punto varias veces.

—Ah, no —soltó Tara, con un grito ahogado, moviendo la cabeza.

—Pobrecita —añadió Lydia.

Lisa las miró con los ojos en blanco y después se concentró en el escenario, fingiendo que no estaban allí. Janis había llegado antes a ellas, seguramente a todo el mundo, así que ahora Lisa era la chica del Campamento Elizabeth con un novio gay, y daba igual que lo negara. Los cotilleos funcionan así: se burlan de todo el mundo menos de quien se lo inventa. A pesar de ello, a Lisa le aliviaba que no les hubiera hablado de la redacción. Quizá aquello significaba que no había perdido a su mejor amiga para siempre.

Aquella noche, se tumbó un rato después de que se apagaran las luces, siguiendo una luciérnaga que había encontrado de camino a la cabaña que flotaba y planeaba por encima de ella. Se preguntó si Clark estaría en casa de Solomon. No podía evitar imaginárselos juntos. De alguna manera, Janis y el resto de monitores se lo habían metido en la cabeza igual que el tatuaje de un borracho: algo que jamás debería estar ahí pero que era imposible de borrar. No importaban las veces que intentara convencerse a sí misma de que aquello no podía ser cierto: seguía dándole vueltas a la posibilidad de que lo fuera.

DIECINUEVE
SOLOMON REED

El día anterior a que llenaran, por fin, la piscina, Solomon llamó a Lisa hiperventilando. Desde que había llegado a casa del campamento la noche anterior, estaba esperando que apareciera y le convenciera de que salir al jardín no supondría el fin del mundo. Mientras escuchaba su voz calmada tranquilizándole, sintió una punzada de culpa porque de alguna manera le gustaba aquello. Quizá era su propia versión de mejorar o de aceptar que a veces necesitaba ayuda. La había echado de menos, en especial la manera en la que se hacía cargo de las cosas. Si él no podía tener el control, sabía que ella sí, y sin ella las cosas empezaban a ponerse raras.

—¿Has oído lo de la furgoneta? —le preguntó Solomon un rato después de calmarse—. Ahora esa cosa es parte de mi casa.

—¿Tu padre no puede arreglarla?

—Conozco a mi padre —dijo—, y la mirada que tiene en la cara cuando se pone a desmontar el motor me dice que no tiene ni idea de lo que está haciendo.

—Eso es gracioso —señaló Lisa.

—Sí, ¿verdad?

—A Clark no le importa mucho —comentó—. Creo que solo quiere tener otro motivo para salir contigo.

—¿Eso crees? Porque tengo una demanda social bastante alta, ¿no?

—¿Qué habéis hecho mientras no he estado? Aparte de desmontar una furgoneta.

—Lo mismo de siempre —dijo—. Televisión, juegos, ver una peli o dos.

—Clark me dijo que habíais empezado *Perdidos* otra vez.

—Sí, vamos por la segunda temporada. Creo que la segunda vez es mejor.

—Ojalá me hubierais esperado.

—Ah. Lo siento.

—No pasa nada. Puedo saltármela, tengo buena memoria.

—Genial. Entonces, dime otra vez que puedo hacer esto.

—Puedes hacerlo, Sol. Llevas meses esperando esta piscina y todo lo que tienes que hacer ahora es acordarte de cómo será la sensación de deslizarte por el agua.

—¿Deslizarte?

—Intento inspirarte —dijo.

—Perdona.

—Acuérdate de que no hay tanta diferencia con estar dentro. No te puede ocurrir nada ahí que no pueda pasarte en tu casa.

—Puedo ahogarme.

—Ha pasado tiempo desde la última vez que nadaste, imagino.

—Mucho tiempo.

—¿Quieres que estemos? Deberíamos estar ahí, ¿no?

—No lo sé —contestó—. Una parte de mí cree que ayudaría, pero otra parte no quiere decepcionar al público.

—No es así —dijo.

—Sí, lo es. Lo es. Y vosotros, chicos, tendríais derecho a sentiros decepcionados. Solo quiero decir «sí, puedo salir fuera y meterme en la piscina», pero todavía no puedo. No lo sabré hasta mañana.

—Creo que estarás bien —afirmó—. Lo creo de verdad.

—Vale, tengo una idea. Quiero que estéis allí, pero tienes que prometerme que vas a nadar, aunque yo no pueda. Quizá eso evite a mis padres un ataque al corazón.

—Prometido —dijo—. Hablaré con Clark.

—Genial.

—Pase lo que pase, conseguirás ver esos abdominales en persona. Son majestuosos.

—¿Puedo contarte un secreto? Llevo semanas haciendo abdominales para que no me dé tanta vergüenza.

—Eso es muy gracioso. ¿Te está funcionando?

—No tengo músculo —lamentó—. Él es de Kriptón, ¿verdad?

—Superman nunca conduciría esa furgoneta —respondió—. Oye, ¿ha hablado alguna vez de mí?

—¿Bromeas? ¿Cuándo no habla de ti?

—En serio —dijo—, quiero saber si habla de mí, bien o mal. Solo dímelo.

—Lisa, habla de ti todo el rato. Siempre bien. ¿Qué pasa?

—Nada, es que echo de menos el grupo, supongo. ¿Quieres algo de compañía?

—Ya conoces la respuesta a eso —contestó—. También tenemos un torneo de Munchkin pendiente.

—Sí. Clark está en el trabajo, así que nos pasaremos por allí sobre las cinco, ¿vale?

Aquella tarde, tan pronto como aparcaron en la entrada y salieron del coche de Lisa, Solomon abrió la puerta con un casco vikingo de plástico y una espada de juguete en la mano.

—¡Esta noche cenamos en el infierno! —gritó mientras entraban.

—Tenemos que habernos equivocado de casa —dijo Lisa.

—¡Prepárate para ser sacrificada! —exclamó Clark, pasando por delante de ella y de la puerta, donde cogió la espada y la señaló con ella.

—Buena suerte —les deseó—. Hoy vengo más dispuesta que nunca, chicos. Os va a costar.

—Tiene que caer —dijo Clark mientras ella presumía delante de él.

A la mitad de la partida, ninguno de ellos había tenido la mínima probabilidad de ganarla. Tres partidas más tarde, seguía siendo imbatible. Cuando acabó el torneo, Solomon arrojó sus cartas como si estuviera enfadado y Clark se tiró al suelo como si lo hubieran apuñalado en el corazón.

—¿Quién quiere la revancha? —les retó Lisa, poseída.

—Necesito un descanso —se rindió Solomon—, creí que te había echado mucho de menos hasta este baño de sangre.

—¿Qué te han enseñado en el campamento de verano? —preguntó Clark.

—Lo único que he aprendido es que Janis es una puta y que las hamburguesas de carne picada siguen estando asquerosas.

—No me puedo creer que no me dejaras conocerla —comentó Solomon—. Parece tan… divertida.

—Creo que me odia —añadió Clark.

—¿Quién podría odiarte? —preguntó Solomon.

—¿A que sí? —Clark se levantó y caminó hacia la puerta corredera de cristal. Miró al jardín de fuera y después se giró hacia Solomon.

—¿Estás preparado para mañana? —le dejó caer.

—No lo sé.

Solomon se levantó y caminó hacia su lado. Contempló la piscina vacía, parte cubierta por la luz de la luna y parte sumida en la oscuridad; tan solo podía pensar en lo inútil que era sin el agua: apenas un agujero de forma extraña en mitad del jardín.

—Quizá tendrías que salir ahí esta noche —dijo Lisa.

—¿Qué? ¿Por qué?

—Tus padres no están en casa, así que no tienes esa presión. Podríamos salir ahí fuera todos como si nada.

—¿Como si nada? —preguntó Solomon—. No es nada.

—Lo sé —dijo—. Pero podemos hacer que no sea nada, Sol. Vamos a hacer que no sea nada.

Se acercó y le tendió la mano. Por un segundo, pensó darle la mano, dejarle que lo sacara de allí y quitarse ese peso de encima. «Quítatelo como una tirita», le diría su abuela. Pero no podía.

—Esta noche no, Lisa.

—Mañana, entonces —propuso Clark, golpeando rápidamente el brazo derecho de Solomon con una mano—. Va a ser genial, campeón.

Solomon no pudo dormir esa noche. Deseaba que fuera como en Navidades, cuando era un niño, con ese nerviosismo y esa emoción que lo mantenía despierto antes de encontrarse un salón lleno de juguetes y cachivaches nuevos, pero aquello se parecía más a un dolor mínimo pero profundo en el estómago que se mantuvo toda la noche y le recordaba, constantemente, lo que ocurriría el día siguiente.

A las tres de la mañana, caminó de puntillas por el pasillo vestido solo con los pantalones de pijama y entró en el salón, mirando la puerta de cristal como si estuviera contemplando el vacío del espacio, un agujero negro que conducía a un mundo que llevaba mucho tiempo fuera de su alcance. Se puso cerca, lo suficiente como para agarrar el pomo de la puerta y ver su aliento en el cristal. Y, entonces, la abrió.

No se movió, pero la brisa fría de la madrugada le rozó el rostro, levantando algunos mechones de su pelo enmarañado y haciéndole temblar. No iba a llorar ni nada y tampoco estaba agobiado ni se iba a volver loco; se encontraba muy cerca del exterior, pero seguía parado y eso le ayudó a respirar un poco. Su pulso era fuerte, pero no frenético como todas las otras veces que había intentado salir en secreto. Nunca se lo había contado a nadie, pero ahora era diferente: estaba preparado y el dolor de estómago empezaba a irse, así que se decidió.

Salió fuera y siguió caminando hasta que bajó las escaleras de la piscina hasta el final. Cuando llegó allí, donde estaba el desagüe nuevo y preparado, se tumbó sobre la superficie de piedritas falsas y miró las estrellas.

Y ahí fue donde lo encontraron durmiendo la mañana siguiente.

VEINTE
LISA PRAYTOR

La mayoría de la gente de su edad aún no se habría levantado a las ocho y media de la mañana, cuando Solomon llamó el día siguiente, pero Lisa no era como la mayoría de la gente. Ya se había duchado, vestido, alisado el pelo y desayunado una tostada con queso. Dormir era de cobardes.

—Te has levantado pronto —contestó.

—Adivina dónde estoy.

—Muy gracioso.

—No, en serio, adivina.

—¿En tu habitación?

—Estoy en el jardín, Lisa.

—Cállate.

—No, no puedo. Estoy fuera. Se está bien aquí, ¿eh?

—Dios mío, Sol.

—Escúchame, estoy bien. ¿Por qué no estáis ya aquí? ¿Dónde está Clark?

—Pero ¿hay acaso agua en la piscina?

—Acaban de empezar a llenarla. Dicen que podremos nadar sobre las cinco o seis. No sé si podré esperar tanto.

—Espera, ¿estás fuera ahora mismo?

—Sí, sentado en el césped. No me daba cuenta de lo que echaba de menos hacer esto.

—Guau…, eso es…

—Fue raro. No podía dormir, nada, así que en mitad de la noche abrí la puerta y salí ahí fuera.

—Increíble.

—Me quedé dormido en la piscina.

—¿Qué?

—Mi padre me encontró antes de irse al trabajo. Nunca lo había visto tan feliz.

—Me lo puedo imaginar —dijo—. Seguro que tu madre ha llorado.

—Ya estaba en el trabajo, pero estoy seguro de que me va a embestir en cuanto llegue.

—Esto es genial, Sol. ¿Cómo te sientes ahora mismo?

—Como si hubiera pasado el examen de entrada a la Academia de la Flota Estelar.

—Voy a imaginar que eso es algo bueno.

—Me siento genial. ¿Sabes que puedo oír la autopista desde el jardín?

—Yo también —dijo—. Voy a llamar a Clark para despertarlo y vamos para allá. No te canses de estar fuera antes de que lleguemos.

—Sí, claro.

Lisa no pudo contactar con Clark por el teléfono, así que condujo hasta la casa de su madre y llamó al timbre hasta que alguien contestó. Era Drew y no parecía contenta.

—¿Lisa? —preguntó, con los ojos dormidos.

—Ay, perdona. ¿Está aquí? —Accedió a la casa y caminó por el pasillo hasta su habitación. Pensó en llamar, pero no lo hizo. Entró y lo encontró durmiendo con una pierna colgándole de un lado de la cama y con la cara cubierta por completo por la sábana.

—¿Clark? —susurró en voz alta. No se movía—. ¡Clark!

Se levantó tan rápido de la cama que Lisa dio un respingo, temerosa de que empezara a mover los puños o algo. Después se rio y lo miró de arriba abajo.

—Clark, estás desnudo.

—Mierda, lo siento. —Cogió la sábana y se envolvió en ella. Después se sentó en la cama.

—No sabía *esto* de ti —dijo—. Tienes que coger frío.

—¿Qué hora es?

—Las nueve menos cuarto. Sé que es temprano, pero Sol ha salido.

—¿Cómo?

—Sí, acaba de llamarme. Tenemos que ir a ver esto.

—Vale, sí. Hum…, no mires.

Se levantó rápidamente y cogió unos calzoncillos que estaban tirados en el suelo. Lisa hizo como que no miraba, pero llevaba muchísimo tiempo sin estar a solas con él y mucho más sin ver tanto de su cuerpo.

—O sea, podemos esperar quince minutos o así —dijo de forma sugerente, cogiéndole de la muñeca.

—¿Bromeas? —se zafó—. Ha salido. Tenemos que ir allí.

Con la decepción en los ojos, Lisa lo miró mientras se ponía unos pantalones cortos y una camiseta. Después, mientras ella esperaba a que saliera para seguirlo, él se giró con una gran sonrisa.

—Necesito bañador, ¿no?

—Sí —dijo—. Y crema solar.

Durante el camino, Clark no podía parar de hablar de lo orgulloso que estaba de su amigo. Usaba palabras como «bomba» y «emocionado» y cada vez que decía el nombre de Solomon, Lisa sentía una punzada de celos. Acababa de tener la oportunidad de acostarse con su novia y en vez de eso no paraba de hablar sobre otro. Lisa había creado ese monstruo, pero ya no tenía control sobre él.

—Te dije que funcionaría —dijo.

—Estás de coña, ¿no? —preguntó Clark, con los ojos en blanco.

—Pero mira lo que ha pasado —defendió—. Ha salido fuera, es solo cuestión de tiempo que vaya más allá.

—Vale, doctora Praytor —aceptó, con sarcasmo.

Lisa pensó que estaba de broma, pero cuando fue a hablar de nuevo se dio cuenta de lo serio que se había puesto y paró. El resto del camino lo hicieron en silencio; Lisa con los ojos puestos al frente y Clark mirando su teléfono. Cuando aparcaron en la entrada, se giró hacia él y no tuvo que decirle nada para que le respondiera.

—Lisa, escúchame bien. Si escribes esa redacción, se lo voy a contar —dijo sin mirarla mientras salía del coche.

Cuando llegaron al jardín, ahí estaba, en una tumbona con las gafas de buceo puestas y los brazos por detrás de la cabeza. Lisa nunca había visto a Solomon sin camiseta y podía confirmar que no había mentido sobre lo de los abdominales. Clark atravesó corriendo el jardín y levantó a Solomon de la silla para darle un abrazo.

—¡Mira lo que estaba escondiendo este tío! —gritó a Lisa, señalando el torso pálido y descubierto de Solomon.

—Te vas a poner como una langosta —dijo—. ¿Te has puesto crema?

—Sí, lo juro —contestó Solomon.

Clark levantó uno de los brazos de Solomon y lo olió.

—Miente —dice—. Ten, hemos traído.

—Gracias. —Solomon se dio la crema por los brazos y después Lisa se acercó para extendérsela por la espalda.

—Si mueres de cáncer de piel, no tendremos ningún sitio al que ir a nadar —bromeó.

Se sentaron fuera, viendo cómo la piscina se llenaba lentamente. Solomon no parecía cansarse del sol, así que decidieron que se quedarían ahí tanto como él quisiera. Cada vez que se levantaba y se iba a una zona nueva del jardín, Lisa lo miraba como si fuera un astronauta caminando por un planeta lejano: cada uno de sus pasos era la prueba de que cualquier cosa es posible.

—¿Cuánto falta? —les preguntó Solomon, gritando desde la otra punta del jardín. Daba la impresión de que había estado inspeccionando las flores de debajo de la ventana de sus padres, pero Lisa no estaba segura.

—Bueno —respondió Clark, en voz alta—, con una manguera de ese tamaño, con centímetro y medio más o menos de diámetro, suministrando diecisiete litros de agua por minuto, que son mil veinte litros por hora, pues… una piscina de cinco mil litros debería llevar unas cinco horas más.

—¿Qué narices…? —preguntó Salomón, acercándose a ellos.

—Lo ha leído en el móvil —dijo Lisa.

Clark le enseñó el teléfono a Solomon con una gran sonrisa. Después se levantó y les dijo que posaran para una foto.

—Tenemos que documentar este día tan importante de la historia —dijo.

Solomon se agachó y puso un brazo por encima de los hombros de Lisa. Era lo máximo que había llegado a tocarla y no pudo evitar vacilar ligeramente por el shock.

—Perdona —se disculpó, alejándose.

—No. —Ella agarró su brazo para que no lo quitara.

Clark llevaba semanas haciéndoles fotos pero intentaba ser lo más sutil posible, tomándolas de una manera rápida mientras Solomon y Lisa miraban sus cartas o veían la televisión. Sin embargo, Lisa siempre se daba cuenta y ahora se preguntaba qué encontraría en su móvil teniendo en cuenta todos los días que había estado fuera. Seguro que no había hecho fotos a Solomon él solo, eso sería raro, ¿no? Pero, aunque lo hubiera hecho, ¿qué más daría? Los amigos se sacan fotos continuamente. No hacía falta que le revisara el teléfono. Eso no ayudaba para nada, era todo una tontería. Lo de Janis le había afectado de verdad y empezaba a encontrarlo un poco más molesto que divertido.

—Oye —dijo—, vamos a comer algo, ¿no? Sol, puedes sacrificar unos pocos minutos de luz solar. No quieras cansarte demasiado el primer día.

—Supongo que sí —dijo, con una decepción fingida—. De todas maneras, estoy muerto de hambre.

—Quiero un sándwich de mantequilla de cacahuete y mermelada —dijo Clark—. Todo. Todo lo que haya en el mundo.

—Mi madre compra más para él —le explicó Solomon a Lisa.

Entonces Clark se quedó parado enfrente de la puerta y se giró hacia ellos.

—No vas a volver a quedarte atrapado si entramos, ¿no?

—Tío —dijo Solomon, adelantándose y cruzando la puerta—. Llevo haciendo esto todo el día, relájate.

Una vez dentro, se dirigieron a la cocina, donde Lisa les escuchó charlando sobre cuál era la mejor manera de hacer el sándwich. Ninguno acertaba: hay que mezclar la mantequilla de cacahuete y la mermelada antes de untarlas en el pan. Después, se adentraron en su pequeño mundo y dejaron a Lisa ahí, contemplándolos, incapaz de decir una palabra.

Quizá era culpa suya, por todo el tiempo que había pasado observándolos en silencio y estudiando los gestos de Solomon. Era como si hablaran un idioma que ella acababa de olvidar. Era capaz de pillar alguna de sus referencias, pero la mayor parte del tiempo se sentía perdida en su jerga.

Así pues, Lisa dejó poco a poco de intentar entenderlos y su mente volvió a su conversación con Clark. Sabía que nunca le perdonaría si escribía esa redacción, pero también sabía que tenía que hacerlo. Era la única manera segura de salvarse y además estaba demasiado cerca para rendirse ahora. Igual que Solomon necesitaba salir de casa, Lisa necesitaba irse de Upland. Y él estaba mejor gracias a ella. Ella también se lo merecía.

VEINTIUNO
SOLOMON REED

Para Solomon, la natación era lo contrario a un ataque de pánico. Era algo fluido, calmado y tranquilo. El mundo se silenciaba cuando se sumergía, y la manera en la que sentía el viento en su piel mojada cuando salía a coger aire le hacía olvidar lo cerca que había estado de todas esas cosas que le daban tanto miedo durante tanto tiempo.

La primera vez que entró en la piscina, su familia y amigos lo contemplaron en silencio y él sintió que iba a llorar, y lo hizo, pero solo un poco, y para que no le dieran importancia se sumergió por completo en el agua y después salió sonriendo. Después de eso, nadó tanto que no le dio tiempo a nadie a preguntarle si estaba bien, pero, por supuesto, lo estaba. Nada funcionaba como el agua.

Cuando el padre de Solomon se tiró de bomba en la piscina, nadó hasta su hijo y montó una buena intentando darle un beso en la frente. Su madre no podía hacer otra cosa que no fuera sacarles fotos, con una mirada en los ojos que parecía que estaba presenciando un milagro. Finalmente, después de que se lo suplicaran durante una hora, se metió en la piscina y se unió con ellos para jugar a Marco Polo.

—Nunca lo cogerá —le dijo Solomon a su madre y a Lisa. Estaban todos sentados en el borde de la piscina, en la parte menos profunda, donde las escaleras, una zona que el padre de Solomon había designado como la Zona de los Perdedores. Los había pillado a los tres pero no se había acercado a Clark ni una vez.

Se desplazó lentamente por el agua como si fuera un cocodrilo observando a su presa, con la nariz por fuera de la superficie y con el resto del cuerpo bajo el agua. Clark le había dejado acercarse lo suficiente como para tocarlo y contestar «Polo» en un susurro, y entonces, como por arte de magia, había pasado por su lado hasta la otra punta. Estaba burlándose de él y cada vez que salía del agua dirigía una gran sonrisa a su público.

Solomon, Clark y Lisa se quedaron en el agua hasta que se puso el sol y, poco a poco, vieron cómo la luna trepaba hasta el centro del cielo. Solo salieron para comer, hacer pis o cuando se les arrugaban tanto los dedos que les dolían. Sobre las diez, después de que los padres de Solomon se fueran a dormir, los tres se tumbaron juntos con Solomon en el medio, con los pies en el agua y recostados sobre el bordillo frío de piedrecitas que rodeaba la piscina.

—Si esto fuera una película indie, empezaríamos a hablar sobre las constelaciones —dijo Solomon, mirando las estrellas.

—Siempre he creído que «Osa Mayor» sería un nombre guay —comentó Clark—. Hola, soy Osa Mayor Robbins, encantado de conocerte.

—Osa Mayor Reed, abogado —añadió Solomon—. Dios, echaba de menos esta vista.

—Es buena de narices, ¿eh? —dijo Lisa.

Finalmente, a medianoche, se despidieron. Los acompañó a la puerta de la entrada con una toalla enrollada en la cintura y con el pelo medio mojado y despeinado. Lisa le besó en la mejilla y le susurró al oído: «Estoy muy orgullosa de ti». Entonces Clark le dio un abrazo de oso que le levantó del suelo y, a pesar de que le hizo daño en sus brazos levemente quemados, aquel fue el mejor abrazo de su vida.

Una vez se marcharon, salió fuera y se sentó en la piscina. No había luces en el jardín, excepto por la que salía del fondo que proyectaba una luz blanca azulada sobre la piel de Solomon. Sumergió los pies en el agua, observó las pequeñas olas que surgían mientras los movía y cerró los ojos para escuchar el único sonido que podía oír: el agua golpeando contra el bordillo.

Pensó en dormir allí otra vez, en acurrucarse en una tumbona y dejar que la luz del sol lo despertara. Había echado de menos el sol y ahora se daba cuenta de lo estúpido que había sido por pensar que podía vivir sin él. Sintió una punzada de culpa al mirar el jardín, observando fijamente la parte alta de la valla. Quizá hubiera podido salir hasta ahí todo este tiempo; ahora parecía muy fácil. Todo lo que tenía que hacer era dar un paso; era como si nunca hubiera estado prohibido, como si no llevara tres años sin tocar el césped o sentir el sol en la piel o temblar por la brisa nocturna. ¿Así se sentía uno cuando mejoraba? Y si todo lo que tenía que hacer era cerrar los ojos y dar un paso para que todo fuera mejor, entonces ¿por qué no lo hacía? Solo había que arrancarlo como una tirita. ¿Por qué todavía creía que cruzar la puerta principal haría explotar su corazón?

—Esto es todo lo que necesito —dijo en voz alta en mitad de la oscuridad del jardín. Pero aún no estaba seguro de creérselo del todo.

Al día siguiente, la voz de su abuela que llegaba desde el pasillo hasta su habitación despertó a Solomon. Sus padres estaban en el trabajo, así que sabía que estaría hablando por el teléfono con un cliente o algo, seguramente hablando en voz alta a propósito para despertarlo.

Cuando él entró en la cocina unos minutos más tarde, estaba sentada sobre la mesa con las gafas de lectura sobre la punta de la nariz y el periódico en las manos. Por un minuto, no lo vio, así que siguió leyendo y murmurando para sí misma.

—¿Abu?

Tiró el periódico al suelo, saltó y atravesó corriendo la cocina para abrazarlo. Le plantó un beso fuerte y sonoro en la mejilla y después lo apretujó de nuevo, con tantas ganas que le dejó sin respiración.

—Vale, vale —dijo, retrocediendo—. Me estás asustando.

—Pero ¡mírate! ¡Si ya estás moreno!

—Me he quemado.

—¡Bien quemado! Te veo vivo, chaval, como si alguien te hubiera rescatado de entre los muertos.

—Gracias —dijo—. ¿Has traído el bañador? La piscina es genial.

—No, no. Me quedan tres casas que enseñar antes de las cinco. Solo he venido para verlo por mí misma.

—¿La piscina?

—¿Bromeas? He visto miles de piscinas, Solomon. Quiero verte salir. Vamos. Empieza a caminar. Tengo mucho que hacer.

Cuando salió al jardín, repitió lo del abrazo y el beso ruidoso otra vez. Le dio las gracias por la piscina, pero ni le escuchó. En cambio, le sacó fotos sentado en el césped, sobre la valla y sentado en el trampolín. Para cuando hubo terminado, le dolía la cara de sonreír.

—Echaba de menos las montañas —dijo, señalando en la distancia.

—Nunca me gustaron —contestó ella—. No lo entiendo.

—¿En serio? Me encantan.

—Sí, bueno, siempre quise vivir en la playa cuando me mudé aquí. Lo hice, por un tiempo, ¿sabes? Cuando intenté ser actriz algunas amigas y yo pillamos un sitio en Long Beach. No era tan bonito entonces, pero nos lo podíamos permitir y estaba cerca de la ciudad para ir juntas en coche a los castings y a nuestros trabajos reales: camareras.

—Entonces ¿por qué te mudaste aquí?

—Tu abuelo. Era su ciudad de origen y no iba a vivir en otro sitio. Lo dejó muy claro cuando nos conocimos y, a pesar de mi buen juicio, me casé con él.

—Sabes que lo querías —dijo—. ¿Por qué siempre hablas tan mal del abuelo?

—¿Te cuento un secreto?

—Sí.

—Lo hace más fácil. Si hago como que todo lo que hacía era volverme loca, no lo echo tanto de menos. Funciona. Quizá no esté bien, pero funciona.

—Ojalá lo hubiera conocido.

—Le habrías encantado. Eres… como él. Muy reservado la mayor parte del tiempo, pero cuando lo pillabas de humor hablaba durante horas. Contaba historias hasta que se quedaba afónico: «Conoces esa sobre…» cualquier cosa. Eso también lo hace tu padre a veces.

—Tres generaciones de locos.

—Legado de chiflados —dijo.

—Escudo de armas convencional.

—Tú ganas.

—¿Me vas a hacer nadar tú también? —preguntó—. Creo que mi bañador está en la lavadora.

—No —contestó—. Solo prométeme que no te ahogarás en esta bonita y cara piscina mientras no haya nadie aquí, ¿vale? No me dejes vivir con *eso* los próximos veinte años.

—Serán más de veinte.

—Shhh… —chasqueó—. Soy un dinosaurio. Dame un abrazo, tengo que irme a ganarme tu herencia.

Una vez se quedó solo, no se molestó en ir a coger el bañador. Volvió a la piscina, tiró su pijama y la camiseta al suelo y se metió dentro. Nadó durante un rato. A veces paraba y se colocaba flotando boca arriba para que le calentara el sol antes de volver a sumergirse hasta el fondo y dar volteretas para delante y para detrás. No había escuchado el timbre, así que se dio un susto de muerte cuando salió del agua para coger aire y vio a Clark Robbins sonriéndole en el bordillo.

—¡Mierda! —gritó Solomon, cubriéndose sus partes íntimas con las dos manos y volviéndose a meter debajo del agua.

Creyó que era una alucinación, un efecto extraño causado por la natación después de tantos años sin practicarla, pero abrió los ojos y miró hacia arriba para ver la borrosa imagen de su amigo, que lo observaba. Entonces, justo cuando iba a salir a tomar aire, Clark saltó.

Mientras la cabeza de Clark estaba bajo el agua, vio la ropa de Clark, toda su ropa, sobre el suelo. Miró donde había saltado y vio cómo su brillante figura nadaba hasta el fondo. Le dio demasiada vergüenza y paranoia asomar la cabeza e intentar ver mejor, pero se lo planteó.

Cuando la cabeza de Clark apareció por el trampolín, miró a Solomon y sonrió.

—No me juzgues. Hace un frío de pelotas.

—No estoy mirando —dijo Solomon, rápidamente—. ¿Cómo has entrado?

—La puerta estaba abierta —respondió, acercándose.

—Qué raro.

Era la primera vez que Solomon se había olvidado de cerrar la puerta principal. La primera vez. Y si Clark no estuviera desnudo y nadando hacia él, también le hubiera dado tiempo a volverse loco por eso.

—Entonces toda esta estrategia... Esto de la piscina era para que pudieras nadar en bolas, ¿eh?

—Seguro —dijo Solomon—. Me has pillado. Tardo un segundo en coger el bañador.

—No hay nadie más que nosotros.

—¿Lisa?

—Me dijo que no se encontraba bien, que te hiciera compañía.

Solomon, que seguía desnudo, se cubrió sus partes con ambas manos y vio la toalla en la silla, imposible de alcanzar. Clark nadaba detrás de él como si todo fuera normal.

Solomon se quedó un rato donde estaba, incapaz de moverse. Se sentía avergonzado, confundido y agobiado por la situación y no podía hacer nada que no fuera disimular para que Clark no lo pillara mirándolo. Pero ¿cómo no iba a mirarlo? Estaba nadando desnudo a su lado, era el sueño hecho realidad de cualquier chico homosexual: un deportista desnudo nadando en el jardín. O puede que solo fuera el sueño de Solomon con este deportista en particular. Fuera como fuese, estaba ocurriendo y no sabía dónde mirar.

—Oye —dijo Clark, acercándose demasiado a él—. Estás colorado.

—Me he quemado —disimuló él, haciendo todo lo posible para no desviar la mirada.

—Voy a por mi bañador.

Clark usó las dos manos para impulsarse y salir del agua y Solomon lo miró mientras caminaba por el jardín, con el trasero blanco al aire para que lo vieran todos los vecinos, y cogió el bañador de la verja donde lo había dejado secándose la noche anterior.

Aprovechando que Clark estaba mirando en otra dirección, Solomon salió rápidamente de la piscina y se puso una toalla alrededor de la cintura.

—Voy a coger el mío —dijo, cruzando el jardín y entrando en la casa.

Cuando volvió, Clark estaba en el agua haciendo el pino. Esperó a que saliera a coger aire antes de saltar y nadar hasta el fondo, donde se sentó en uno de los escalones.

—¿Estás bien, tío? —preguntó Clark, nadando hacia él.

—Sí —respondió, de manera poco convincente—, totalmente.

—Oye, mira, estoy acostumbrado al vestuario y a una casa con tres hermanos, no debería haber hecho eso.

—No pasa nada —dijo—, es que…, no sé. Perdona que me ponga así.

—Sol —dijo Clark, acercándose—, está bien. Puedes mirar, pero no toques.

—Idiota —le soltó, mirándole con una sonrisa forzada.

—Pero, en serio, lo siento si te he incomodado. Eres como mi hermano o algo así, no me lo he pensado ni dos veces.

Solomon se sumergió, abrió los ojos y dejó que las palabras resonaran y se hundieran y nadaran alrededor de su cabeza: «Eres como mi hermano».

Se quitó ese pensamiento de encima y le propuso a Clark una carrera. Ganó Clark, por supuesto, pero Solomon estuvo sorprendentemente cerca, teniendo en cuenta que estaba desentrenado. Tampoco pudo evitar distraerse, mirándolo mientras se movía por el agua. Le gustaba su pelo mojado, peinado hacia atrás como una estrella de cine, y le fascinaba el pelo que empezaba a crecerle en el pecho.

—No había visto eso en las fotos de waterpolo que me enseñó Lisa.

—Me lo depilo durante la temporada. No te rías.

—Oye, yo no tengo ni siquiera un pelo en el pecho. Te respeto.

—Mi padre parece un oso pardo cuando se quita la camiseta. Estoy superceloso —dijo Clark—. Quiero el pelo de un hombre de las cavernas, ese que te cubre todo el cuerpo, ¿sabes? Es lo más masculino que se puede tener.

—¿Y por qué tienes que ser tan masculino?

—Bueno, ella no te lo va a contar, pero es por Lisa. Le gustan los tíos desaliñados. Quizá debería dejarme barba.

—*Lumbersexual* —dijo Solomon—, así lo llaman, creo.

—Bien —aceptó Clark—, quiero tener barba y pelo por todo el cuerpo y entonces me casaré con Lisa y nos mudaremos a Portland y construiremos una casita pequeña.

—¿Ese es tu sueño?

—Creo que sí —respondió Clark, dando una voltereta.

Solomon se quedó algo callado después de aquello, pero intentó hablar lo justo como para que Clark no lo notara. Estaba muy enfadado consigo mismo por permitir que eso pasara, por sentir lo que sentía por Clark. No importaba cuánto lo intentara porque no podía evitarlo, y mucho después de que Clark se fuera a casa, Solomon se quedó despierto preguntándose si todo el mundo se enamora de alguien que no le puede corresponder.

VEINTIDÓS
LISA PRAYTOR

Lisa fingió estar enferma para no tener que pasar otro día más viendo cómo Solomon Reed le robaba a su novio, y fue ese tipo de pensamiento el que le hizo ver que necesitaba hablar con alguien, y ese alguien tenía que ser Janis. No la Janis del campamento, llena de ira y de celos, sino la que llevaba conociendo toda la vida, esa que algunas veces era capaz de parar su santurronería para decir lo correcto.

Cuando Lisa llamó a la puerta, cerró los ojos e inclinó la cabeza hacia otro lado, casi deseando que nadie contestara.

—¿Qué? —ladró Janis, sujetando la puerta.

—Hola.

—¿Qué quieres, Lisa?

—Tenemos que hablar.

—No.

Lisa sabía lo que tenía que hacer. La única manera de reconciliarse con alguien como Janis, que vivía por el drama, era dándole una crisis emocional pasada de moda. Eran las lágrimas las que le daban su verdadera fuerza, y Lisa estaba dispuesta a pagar por ello.

Así pues, dio un paso hacia delante en silencio y abrazó a Janis por el cuello, dejando caer todo el peso posible sobre sus hombros. Lisa estaba preparada para montar una escena, pero no esperaba que las compuertas se abrieran tan rápido y, antes de que se diera cuenta, ambas se pusieron a llorar.

No les llevó mucho tiempo arreglarlo, ya que eran más hermanas de lo que ninguna admitiría jamás, así que dejaron todas sus rencillas en el pasado. Lisa quería invitar a Janis a comer, por lo que esperó a que su amiga se arreglara y después condujeron hacia un sitio de sándwiches en el centro. Se sentaron fuera y Lisa miró el menú mientras Janis escribía a alguien moviendo con furia los dedos en la pantalla del móvil. Después, soltó una gran carcajada y siguió escribiendo, ignorando por completo a Lisa y a todo lo que tenía alrededor.

—¿Quién es? —preguntó Lisa.

Puso el móvil boca abajo y dejó escapar una sonrisa furtiva.

—Creía que nunca me lo ibas a preguntar. Tengo un novio.

—¿Un *qué*? ¡Eso es genial!

—Se llama Trevor Blackwell, nos conocimos en el Campamento Cristo Ha Resucitado.

—¿El año pasado?

—Sí, pero tenía novia, así que esperé y recé y entonces, unas semanas más tarde, me mandó un mensaje y me dijo que habían roto. Tienes que verlo, parece un modelo.

Janis cogió el teléfono, hizo clic unas cuantas veces y se lo dio a Lisa. Era bastante atractivo, pero de una manera modesta, como el típico mejor amigo que sale en todas las películas. Aun así, Lisa exageró el halago.

—Es muy mono, Janis. Qué sonrisa. Creo que debería ir a ese campamento.

—Nos conocimos durante una recreación de la crucifixión.

—¿Vuestra primera cita fue una crucifixión?

—Recreación —corrigió Janis—. No fue una cita, fue amor a primera vista.

Lisa no pudo evitar imaginarse a los tortolitos parados ahí en el bosque mientras dos estudiantes hacían como que azotaban a un tío vestido de Jesús en segundo plano.

—Me alegra, Janis. Pareces muy feliz.

—Lo soy —dijo, cogiendo el teléfono—. Solo me gustaría que viviera más cerca.

—¿Dónde vive?

—En Tustin, pero podría ser Júpiter.

—No está tan lejos —dijo Lisa—, como a una hora.

—Una hora es una eternidad en un amor como este, pero lo veré en el campamento la semana que viene.

—Janis, por favor, no te quedes embarazada en un campamento cristiano.

—¿Te imaginas? Mi madre me mataría.

—Siempre podrías decirle que ha sido un milagro de la Virgen, ¿no?

—Dios, sí, nunca había pensado en eso.

Después de comer, fueron a una tienda autoservicio de yogures en la esquina de la calle. En otra época era su punto de encuentro al salir del instituto y algunos domingos, y ahora era raro estar allí, después de tanto tiempo. Lisa se sentía un poco agobiada por la charla sin fin de Janis.

—¿Y cómo están tus novios? —preguntó Janis.

—Bien —dijo—, solo…, sí…, bien.

—Mira, siento lo que dije, ¿vale? No fue justo. Además, ¿qué sé yo?

—Puede que tuvieras razón —soltó Lisa, más alto de lo que habría querido, y después agachó la cabeza y se la tapó con los brazos.

—¿Qué?

—Creo que estaba equivocada —dijo, con la cara todavía cubierta.

—¿Es gay? —preguntó Janis, en un susurro, inclinándose.

Lisa levantó la cabeza y se dejó caer en la silla de plástico.

—No lo sé. Pasa mucho tiempo con Sol. Todo el tiempo. Y cuando no, lo pasa hablando sobre él o haciendo planes con él. No me había dado cuenta de que estaba ocurriendo y creo que ahora es demasiado tarde.

—Bueno, naces gay, así que, si es verdad, lleva siendo tarde demasiado tiempo, Lisa.

—Supongo.

—Pasar todo el tiempo juntos tampoco les hace ser gais. Les hace ser…, no sé…, dos solitarios que se han encontrado, supongo.

—Cierto.

—Así que podrías estar viendo algo donde no lo hay. Tienes que estar segura antes de hacer nada.

—¿Qué se puede hacer? Lo quiero, él lo sabe, pero las cosas se están poniendo raras entre nosotros.

—Aunque fuera gay, ¿te mentiría?

—Ya, esa es la parte que no entiendo. Además, si me estuviera mintiendo, ¿no debería apoyarlo? No le puedo culpar por ser quien es realmente.

—Hay una diferencia entre ser tú mismo y engañar a alguien. ¿Crees que Clark te haría eso? ¿Y no sois amigos tú y Solomon? ¿Te haría él eso?

—No creo —dijo—, pero ¿y si no pueden evitarlo?

—Entonces al menos tendrás tu beca.

—Pensaba que no te parecía bien.

—Y no me lo parece, pero, o sea…, es una opinión. Además, les gustaría mucho si vas con la teoría de: «el niño chiflado me robó mi novio».

—Clark no quiere que lo haga. Dice que se lo contará a Sol si lo escribo. Es una razón más para que crea que le importa más él que yo.

—De ninguna manera —dijo—. Solo está haciendo lo correcto.

—Ya lo sé, así que puede que solo deba decírselo, ¿no? Contarle a Solomon la verdad y esperar que no se eche por tierra todo el progreso que ha hecho.

—¿Ha progresado?

—Ah, sí. Ahora sale al jardín.

—¿Y crees que es gracias a ti?

—Creo que necesitaba un empujón y yo se lo di —afirmó, con confianza.

—Lisa, si se entera de que le has mentido, ¿se podría poner peor de lo que estaba antes?

—No lo sé, eso es lo que me da tanto miedo.

—Vale, espera un segundo —dijo Janis—. ¿O sea que no crees que Clark te perdone si escribes la redacción a no ser que obtengas el permiso de Solomon, lo que podría estropearlo todo?

—Algo así —admitió Lisa, mirando al suelo—. Y si lo escribo sin su permiso, Clark se lo va a contar de todas maneras.

—Vale. Rezaré por ti —añadió Janis.

Lisa sabía que iba a necesitar más que una oración si quería mantener a Clark, Solomon y la redacción. En un mundo ideal, Solomon se sentiría emocionado porque lo hubiera elegido para ayudarlo y Clark estaría impresionado por su madurez y honestidad, tanto que él también se sinceraría con ella a cambio o se levantaría y dejaría de actuar como si no le importara su relación. Pero este no era un mundo perfecto, era el mundo del que Solomon Reed había huido y, cuanto más pensaba en ello, menos ridículo le parecía. Después de todo, ¿no estaba ella intentando huir también de esa pequeña parte del mundo que la asustaba?

VEINTITRÉS
SOLOMON REED

Algunas veces, Solomon tenía problemas con el sentimiento de culpa y no se lo podía contar a nadie porque le daba miedo empeorarlo. Se convencía de que no tenía problemas de verdad. Había gente que se moría de hambre, que tenía enfermedades, gente cuyas casas se quemaban, se volaban en medio de los tornados o las embargaban. Él era un niño mimado de barrio residencial que se ponía demasiado nervioso al enfrentarse al mundo real.

Lisa y Clark habían llegado y habían mejorado las cosas, mucho más, pero eso no le aliviaba la culpa. De hecho, cada vez que se iban de casa le daba una punzada de dolor en el estómago al acordarse de que eso era todo lo que podía darles. También le asustaba. Le daba miedo que estuviesen siempre esperando que cambiara más de lo que ya había cambiado. Estar fuera le había dado fuerza, por supuesto, pero no le había hecho querer salir de casa. Había estado a punto, sin duda, pero hacía ya tiempo y lo sabía. Ahora tenía todo lo que necesitaba y amigos que iban a verlo, invitados o no. No estaba muy seguro de que aquello fuera un paso en la dirección que todos querían, pero aún tenía la esperanza de conseguirlo, poco a poco, de que un día se levantaría y aquello ya nunca más sería suficiente.

Solomon nunca había sabido lo que era estar enamorado. Lo había visto un millón de veces en la televisión y en las películas, era algo enorme, arrollador y precioso, pero siempre se había preguntado lo que se sentiría de verdad al pensar tanto en otra persona, al perderse a uno mismo dentro de otro. Creía que ahora lo sabía de verdad.

El día después del chapuzón improvisado con Clark, Solomon llamó a su abuela. Había decidido que era el momento. Le iba a contar lo que sentía por Clark y ella le daría algún consejo sabio, algún dicho sureño que caería en el lugar correcto y pondría las cosas en perspectiva. Eso o le preguntaría algo inapropiado sobre el sexo homosexual y a él le daría demasiada vergüenza seguir hablando con ella.

—Joan Reed Realty. Te llevamos a casa —contestó.

—Hola, abuela.

—¿Michael Phelps? ¿Eres tú?

—Qué graciosa. ¿Quieres comer con tu nieto?

—Bueno, qué bonita sorpresa. ¿Por fin tienes algo de tiempo para mí? ¿Se han ahogado tus amigos en la piscina?

—Creía que querías que tuviera amigos.

—Y quiero. Sabes que me estoy quedando contigo. ¿Qué te apetece, una hamburguesa?

—Me has leído la mente.

Cuando llegó, la abuela insistió en que comieran sus hamburguesas con queso en la terraza de atrás. A Solomon le daba un poco de miedo no poder volver a quedarse dentro de casa con su abuela.

—¿Qué se te pasa por la cabeza? —preguntó, dando un bocado.

—Nada.

—Llevas sin llamarme para invitarme a comer desde que tenías catorce años. ¿Por qué te estás ahogando en un vaso de agua?

—¿Qué?

—¿Qué te molesta? Una pista, Solomon. Una pista.

—Lo siento. Hum…, creo que estoy enamorado.

—¿Bromeas? —dijo, tirando la hamburguesa al plato—. ¿De Lisa?

—De Clark —contestó, con la voz temblorosa.

—¡No me digas! —exclamó, prácticamente gritando—. No puedo esperar a contárselo a mis amigas. Soy la primera con un nieto gay, van a ponerse *tan* celosas.

—¿Celosas?

—Venga, cariño. Soy una moderna. ¿Crees que tu abuela no ha ido a bailar al oeste de Hollywood?

—¿Sí?

—Los gais me aman, creo que es por mi acento.

—Sin duda, es por tu acento —admitió—. De todos modos, o sea…, sí, Clark.

—Puedes conseguir algo mejor —dijo sin rodeos.

—No, abuela. No es eso. Es hetero.

—Ya veo. Esto es lo complicado, tienes que tener citas y averiguar quién juega en tu equipo. Debe ser agotador.

—No quiero hacer daño a Lisa tampoco.

—Claro que no. Ha sido buena contigo, Sol.

—Lo sé.

—¿Estás seguro de que él…, ya sabes…, no siente lo mismo? —preguntó.

—Lo primero, por favor, no digas eso. Y sí, estoy bastante seguro.

—Bueno, no sé qué decirte. A mí me parece raro que un chico hetero pase todo su tiempo con un chico gay, pero decirlo en voz alta me hace darme cuenta de que estoy completamente equivocada.

—Yo también.

—¿Es tu mejor amigo, Sol? —preguntó—. ¿Habláis de todo?

—Bastante.

—Entonces ya sabes lo que tienes que hacer.

—¿Hablar con él?

—Exacto.

—Gracias, abuela. Creo que tienes razón. No quiero perderlo.

—Pero ten cuidado, ¿vale? No te hagas demasiado daño. Somos lo que somos. Eso lo sabes tú mejor que nadie.

Solomon sabía en el momento en el que le contó a su abuela que era gay que aquello no sería un secreto durante mucho más tiempo. Recordaréis que a ella le gustaba cotillear tanto como a Solomon *Star Trek,* así que él tenía decidido desde el principio contárselo a todo el mundo, pero ¿cómo lo iba a hacer? ¿Cómo le dices a las dos personas que lo saben todo sobre ti que en realidad no lo saben?

Entró a la cocina y se sentó en la encimera, observando en silencio a sus padres cortar las verduras hasta que se percataron de que estaba ahí.

—¿Qué pasa, chaval? —preguntó por fin su padre.

—Mamá, papá, hay un capítulo de *La nueva generación* titulado «El juicio del tambor» en el que hay un técnico de laboratorio que se llama Tarses al que acusan de sabotear la nave. El investigador, un tipo superduro, le cuenta a todo el mundo que Tarses ha mentido en su solicitud de entrada para la Academia de la Flota Estelar diciendo que era un cuarto vulcano cuando, en realidad, era un cuarto romulano.

—Fascinante —bromeó su padre.

—Vale…, ¿por dónde iba? —miró a su alrededor, como si las palabras pasaran por delante de él e intentara leerlas—. Sí, eso, los romulanos. Vaya, ¿por dónde empiezo con los romulanos? Las cosas no siempre van bien con ellos, ¿vale? Hay mucho rencor. Y no os equivoquéis con el *Star Trek* original, porque en esa serie los romulanos siempre son los malos, y en las adaptaciones también. ¿Habéis visto las adaptaciones?

—Sí —dijo su madre, confusa—. Nos estás liando, Sol.

—Bueno, ser un vulcano es…, es mejor, ¿no? Porque los vulcanos son tranquilos y hacen más caso a la razón que al corazón. Pero, mirad, los romulanos son todo corazón, apasionados e ingeniosos. Es lo que les alimenta. Siempre la lían y dan problemas y, veis, los autores fueron muy inteligentes porque crearon a los romulanos como antónimo de los vulcanos, solo que ambos comparten los mismos ancestros. Es muy complicado. Podría hablar de ello durante días, sinceramente.

—Pero eso sería altamente ilógico* —dijo su padre con el tono de un robot.

---

* *Highly illogical*, en inglés, es un álbum musical de 1993 que incluye una colección de canciones interpretadas por Leonard Nimoy, actor que interpreta a Spock en *Star Trek*. (*N. de la T.*)

—Esa es buena —aceptó Solomon—, pero ¿podéis entender que mentir sobre quién eres y en realidad ser otro te puede causar problemas con la Federación?

—Claro —dijo su madre—. Pero ¿qué narices tiene que ver esto con lo que sea, Sol?

—Tiene que ver con el hecho de que Tarses miente sobre quién es y puedes ver cómo la culpa lo destroza, puedes verlo en su cara, y dice que es un error que le acompañará durante el resto de su vida.

—Suéltalo —dijo su madre.

—No quiero equivocarme, ¿vale? No quiero mentir sobre quién soy, incluso aunque no importe. Es quién soy. Es parte de mí.

—¿El qué? —preguntó su padre.

—Creo que ya lo sabéis.

Poca gente pensaría que Solomon Reed era un chico con suerte. Tenía una ansiedad agotadora, un estómago débil y estaba enamorado de su mejor amigo hetero, pero en el sorteo de los padres había ganado la lotería. Así que siempre había sabido que cuando se lo contara, por fin, iban a hacerle sentir que no pasaba nada, que nada iba a cambiar. Le dirían que lo querían tal y como era y que no había manera de cambiar eso.

Y eso fue exactamente lo que hicieron.

VEINTICUATRO
LISA PRAYTOR

Lisa llevaba dos días sin ir a casa de Solomon y sabía que eso, seguramente, le estaría afectando, o puede que en realidad no la necesitara nunca más. Quizá nadie la necesitara, pero ella lo necesitaba a él, al menos hasta que pudiera irse de allí para siempre. Lisa tenía que mantenerse racional y no podía dejar que su paranoia sobre Clark pusiera en peligro su plan. Estuvieran o no enamorados, no podía dejar que Solomon descubriera lo de la redacción o tal vez no se recuperara nunca.

Tenía que intentar convencer a Clark una vez más de que mantenerlo en secreto era lo que había que hacer, aunque no iba a ser fácil, especialmente si se trataba de su secreto. Pero, por el momento, confiaba en que Clark aún era suyo y que el encanto de la buena de Lisa Praytor conseguiría volver a arreglar las cosas.

Justo antes de que saliera de casa para ir a la de Clark, Lisa decidió revisar su e-mail. No le sorprendió que saliera la cuenta de Clark, ya que pasaba siempre. Él no tenía portátil y siempre se lo cogía prestado cuando iba por allí. La mayoría de las veces, aunque ya hubieran salido del instituto, se lo dejaba llevar a casa.

Estaba a punto de cerrar la cuenta cuando la curiosidad le pudo y empezó a revisar la bandeja de entrada. La mayoría de los mensajes eran de Solomon, pero era algo que no le extrañó ya que su bandeja de entrada estaba igual. Solomon era un poco insomne, así que a veces se quedaba hasta tarde y les mandaba mensajes con links a vídeos graciosos o artículos sobre tonterías como el de ese café que viene de las heces de los gatos asiáticos.

Lisa leyó por encima algunos mensajes antes de darle a la carpeta de enviados. Cuando lo hizo, el primer mensaje era uno que Clark le había enviado la noche anterior.

Sol:
Estaba pensando en lo de ayer y solo quería disculparme de nuevo si te incomodé. Vamos a nadar mañana. Con bañadores, jaja.

Clark

Lisa pensó en llorar por un segundo pero la crisis con Janis le había secado las lágrimas. En vez de eso, bajó las escaleras, se metió en el coche y condujo hasta la casa de Clark. Se quedó unos minutos en la puerta antes de llamar intentando quitarse de la cabeza todo aquello, aunque le hacía muchísimo daño. Solo necesitaba que confesara. Si le mentía, le rompería el corazón. Al final, en vez de llamar, abrió la puerta que nunca cerraban y caminó hacia su habitación.

—¿Tienes algo que contarme? —dijo desde la puerta.

—¿Qué? —Se dio la vuelta rápidamente hacia ella. Estaba sentado en el suelo jugando a un videojuego.

—¿Por qué estabas desnudo en la casa de Solomon?

—¿Bromeas? ¿Cómo sabes tú eso?

—Leí tu e-mail. Contéstame.

—¿Leíste mi e-mail? —preguntó, levantándose—. ¿Por qué ibas a hacer algo así?

—Mira, me alegro de haberlo hecho o habrías intentado alargar esto mucho más.

—¿Alargar el qué? ¿Puedes contarme qué narices pasa?

—¿Quieres explicarme lo que significa ese mensaje?

—Fui a casa de Solomon ayer y el tío estaba nadando en bolas, así que me quité los pantalones y salté. Pensé que sería divertido.

—No lo es.

—Algo sí —dijo—. Estaba ahí nadando desnudo. Me encanta ese tío, es tan raro. Me imaginé que no le importaría, ya sabes que a mí no me da vergüenza, paso la mayor parte del tiempo en Speedos enfrente de completos extraños.

—Pero él es gay. No te quitas la ropa delante de chicos a los que les gustan los chicos.

—¿Quién eres, mi abuela? —preguntó—. Solo porque yo sea un tío no significa que él quiera lanzarse encima de mí.

—Tienes razón —dijo—, pero obviamente está enamorado de ti y no creo que ese sentimiento sea correspondido.

—¿Ah sí? —preguntó, levantándose. Ella no estaba segura de haberlo visto nunca tan enfadado—. Entonces ¿en serio has venido aquí a preguntarme si soy gay?

—Solíamos estar juntos todo el tiempo, ya lo sabes, y ahora solo te veo donde Solomon. Es como recogerte, llevarte a la guardería y después a casa. Y la mayor parte del tiempo estoy ahí, sentada, viendo cómo os hacéis la pelota uno al otro.

—No puedo evitar que nos gusten las mismas cosas. Tú nos presentaste, y si crees que eso me hace gay, puede que seas la última persona que debería estar ayudando a alguien.

—¿Por qué no puedes decirme la verdad, Clark?

—Estás totalmente convencida, ¿eh? Guau.

—Bueno, la última vez que te vi desnudo no podías tener más ganas de vestirte y ahora descubro que te quitas la ropa donde Solomon como si no pasara nada.

—Porque no pasa nada —dijo, elevando la voz—. ¿En serio eres así de insegura?

Lisa se quedó callada unos segundos, mirando donde estaba Clark. Se le veía tan molesto que se le asomaron las lágrimas y dirigió su vista hacia el suelo con una mirada de decepción.

—Si no eres gay, entonces ¿qué nos pasa? —preguntó, calmada.

—No lo sé —contestó—. Solo hablas de salir de aquí, y ambos sabemos que aunque consigas entrar en Woodlawn, las posibilidades de que yo vaya a algún sitio cercano son bastante escasas.

—No me lo puedo permitir sin la redacción de todos modos.

—Estoy seguro de que se te ocurrirá algo.

—Eso es difícil —dijo, levantándose—. Me estoy volviendo loca, en serio. Veo cómo os miráis, la manera en la que estáis juntos. Es tan obvio.

—Mira, yo no puedo evitar lo que sienta Sol por mí, ¿vale? No es culpa mía.

—Sigues yendo —dijo—. ¿No crees que exista una razón por la que te encante tanto ir allí?

—Sí —respondió—, porque por fin tengo un amigo que no es un completo narcisista.

—Clark, solo…, sé quién eres y te seguiré queriendo.

—Vete de aquí —dijo, con una calma inquietante—. Dios mío, vete. Paso de esto.

Clark cerró la puerta cuando salió y Lisa caminó, despacio, por el pasillo hasta la puerta de la entrada. Pasó por delante de Drew, que jugaba al baloncesto, pero no la saludó ni se dio cuenta de que estaba ahí. Entró en el coche y se fue.

Si le estaba contando la verdad, entonces eso significaba que se había desenamorado de ella por otra razón y Lisa no estaba preparada para aceptar eso. La única explicación lógica a los actos de Clark pasaba por confirmar sus sospechas. Podía negarlo todo lo que quisiera, pero cuando le dijo a Lisa que se fuera se dio cuenta de que ya no lo conocía.

Obviamente, a Clark le daba demasiado miedo admitir la verdad. Y por qué no: vivían en una ciudad llena de conservadores de clase media, y el hecho de que un estudiante y atleta reconocido saliera del armario sería un notic
ón. Ser el único chico gay del equipo de waterpolo no parecía el tipo de atención que Clark quería o necesitaba, así que podía ver por qué contarle la verdad era tan difícil y por qué pedirle que se fuera era lo más inteligente que podía haber hecho. Ahora podía ayudarlo, a pesar del dolor de corazón que eso le causaría.

Condujo hasta la casa de Solomon y aparcó en la entrada. Sabía que seguramente estaría fuera, desde donde no escucharía el timbre, así que trepó la verja. Nada más hacerlo, vio a Solomon flotando sobre una colchoneta en mitad de la piscina. Llevaba puestas las gafas de sol, así que no supo si estaba dormido o despierto hasta que se acercó y se dio la vuelta.

—¡Lisa! Gracias a Dios. Había demasiado silencio aquí.

—Hola —dijo, quitándose las chanclas y sentándose en el borde de la piscina. Metió los pies y Solomon remó con la colchoneta hacia ella.

—¿Qué pasa? ¿Dónde está Clark?

—En casa —dijo—. Hemos tenido una especie de pelea.

—Ah, no sabía que discutíais.

—No, no normalmente. No lo sé. Lleva un tiempo comportándose de una manera extraña.

—¿Cómo extraña?

—Bueno, en realidad solo lo veo aquí y no es que no me guste que esté contigo ni nada pero, ya sabes, estaría bien pasar tiempo a solas.

—No, lo entiendo —reconoció, con la mirada culpable.

—Creo que le gustas —dijo, mordiéndose el labio y sacándoselo de encima.

—¿Qué? —Se quitó las gafas.

—Creo que puede que le gustes de la misma manera que yo le gustaba antes.

—No creo, Lisa. Solo necesitas hablar con él.

—Conozco a Clark desde hace mucho tiempo y nunca lo había visto tan contento como desde que está aquí. Cuando está contigo se convierte en un niño pequeño, y no puedes decirme que no piensas lo mismo, sé que lo haces.

—Lisa, yo…

—Está bien. No estoy enfadada. Por favor, no pienses que estoy enfadada. Es solo que no esperaba que fuera recíproco, eso es todo. Pensaba que estábamos a salvo.

—¿A salvo? Guau.

—No, no me refería a eso.

—Ayer salí del armario con mis padres. Con mi abuela también.

—¿En serio? Eso es genial, Sol.

—¿Sí? ¿O es peligroso?

—Venga ya.

—No ha pasado nada, para que lo sepas. Nunca te haría eso.

—Ya lo sé —dijo—, pero quizá deberías.

—¿Qué?

—Creo que está perdido. Puede que no quiera romperme el corazón.

—Ah —dijo, bajándose de la colchoneta y metiéndose en el agua. Nadó y se dio impulso con las piernas contra la pared.

—¿Lo quieres? —preguntó, con la mirada hacia abajo.

—Eso no importa.

—Claro que sí. ¿Lo quieres? Yo creo que sí.

—Creo que sí, vale —dijo—. Lo siento.

—Nunca nos hemos acostado, ¿sabes? Ni una vez.

—No lo sabía. En verdad, nunca hablamos de ese tipo de cosas.

—¿Nunca? No puede ser todo juegos y televisión.

—En parte, sí. No le va lo de tener conversaciones serias, seguro que lo sabes.

—Sí, pero creo que solo le da miedo. Puede que esté esperándote.

—Joder, qué raro es esto. ¿Qué es lo que quieres que haga, Lisa?

Nunca lo había visto tan frustrado y, de repente, se dio cuenta del peso que debía sentir encima. Puede que llevara todo este tiempo queriendo a Clark. Si Janis podía encontrar a su alma gemela en el Campamento Cristo Ha Resucitado, entonces seguramente era posible que estos dos se enamoraran jugando absurdas partidas de estrategia y viendo series sobre viajes espaciales.

—Dile lo que sientes —propuso. Estaba aguantando las lágrimas que, de algún modo, habían encontrado el modo de inundarle los ojos.

—¿Y si te equivocas?

—Nunca me equivoco —sentenció—. Dame una buena razón por la que vosotros dos no hagáis una pareja perfecta y te dejaré salirte con la tuya. Puedo aprender a llevar esto. Prefiero que seas tú antes que cualquier otro. Es solo que será raro al principio, después puede que nos riamos de ello algún día. En plan: «Oye, ¿te acuerdas de cuando Clark y Lisa estaban juntos? Menudo error, ¿verdad?».

—Nadie va a decir eso.

Y después vio esa mirada en su cara y se preparó para ayudarlo a contar hasta diez y a respirar despacio y a sacarlo de la piscina, pero esta vez no era un ataque de pánico: estaba llorando.

—He hecho lo imposible por no quererlo, Lisa. Por favor, tienes que saberlo —dijo, calmado.

—Lo sé —admitió—, no es fácil.

—¿Ves por qué soy como soy? Las personas sois demasiado complicadas.

—Estás fuera ahora mismo y estás enamorado. Eres uno de nosotros, tío.

—Mierda —dijo—. No puedo hacerlo.

—Puedes —le animó—, sé que puedes. Y aunque me equivoque, ¿no te alegraría habérselo contado? ¿No te está torturando?

—Supongo —dijo—, pero ¿y si no me vuelve a hablar?

—No tendrá por qué —rebatió ella—, ambos lo sabréis. El amor es así.

—Bueno, en el momento en el que doy un paso adelante todo empieza a ir como el culo.

—No hay salida.

—¿Qué?

—La vida.

—Dime que estás segura —dijo—. Por favor.

Se pensó la respuesta durante unos segundos. Estaba segura de muchas cosas: de que quería irse lo más lejos posible de Upland, de que su madre siempre estaría triste y sola, de que Solomon seguiría mejorando, con o sin ella. Esas eran cosas inevitables, el tiempo lo demostraría, pero ¿esto también era inevitable? ¿Estaban Solomon y Clark destinados a estar juntos?

—Sí —contestó—. Estoy segura.

VEINTICINCO
SOLOMON REED

Sin lugar a dudas, Solomon estaba mejor que nunca. Tenía amigos, había vuelto a salir y sus ataques de pánico se habían reducido a tres al año. Le estaba saliendo todo bien teniendo en cuenta cómo había pasado los últimos años, pero ahora, con el pensamiento secreto de que Clark le correspondía y lo que eso significaba para los tres, Solomon no podía evitar preguntarse si su vida seguiría igual de calmada y segura si no hubieran aparecido los dos.

De todos modos, no tuvo mucho tiempo para pensar lo que iba a hacer, pues justo una hora después de que se fuera Lisa escuchó a alguien golpeando la puerta de la entrada. Era Clark, cubierto de sudor e intentando recuperar el aliento.

—¿Estás bien? —le preguntó Solomon desde dentro.

—Yo…, sí…, es que… —dijo, resoplando—. He corrido unos seis kilómetros, creo.

—¿Desde tu casa?

—Sí.

—Impresionante.

—¿Hace un millón de grados o qué?

—Entra —dijo Solomon, apartándose—. Te traeré un poco de agua.

Clark lo siguió hasta la cocina y se bebió dos vasos enteros de agua. Se apoyó sobre la encimera, con el pelo sudando a chorros, y miró a Solomon como si necesitara contarle algo. Por un breve momento, a Solomon se le aceleró el corazón como si fuera a ocurrir: como si el mundo del que huía se las hubiera ingeniado para mandarle a alguien solo para él. Todo lo que Clark tenía que hacer era decirlo.

—¿Qué te ha contado? —le pregunto, en cambio.

—Me dijo que os habíais peleado. —Solomon apretó los bordes de la encimera donde se había sentado e intentó evitar que Clark notara su temblor.

—¿Te ha contado por qué?

—Un poco.

—Cree que estamos teniendo una aventura tórrida o algo así. —Clark empezó a reírse, pero dejó de hacerlo cuando vio la cara de su amigo.

—Creo que te quiero —dijo Solomon, mirando al suelo.

—Ah. No hagas eso, tío.

—¿Por qué?

—Ya sabes por qué.

—Dios mío —dijo Solomon—. Estaba equivocada.

—Lo siento —dijo Clark.

—¿Por qué?

—Esto… Es así, no lo sé. Siento no ser diferente.

—Este es el día más raro de mi vida.

—El mío también —dijo Clark—. ¿Por qué no me cree?

—No lo sé.

—Te hemos arruinado la vida, ¿verdad? Aparecimos y trajimos toda esta mierda con nosotros.

—No habéis estropeado nada.

—Todo irá bien, ¿verdad? Las cosas volverán a la normalidad y nos reiremos de todo esto.

—¿Sí?

—Claro que sí —dijo Clark—. A no ser que un día me despierte siendo gay y todos ganemos.

Clark se encogió, temeroso de que aquello no le hubiera sentado bien, pero Solomon sabía que Clark estaba siendo Clark: el tío que siempre encontraba la manera de hacerte sentir mejor de lo que deberías.

—Cállate —dijo Solomon—. No me puedo creer que haya hecho esto.

—¿Qué hago, tío?

—¿Todavía la quieres?

—Creo que sí.

—¿Crees que sí?

—Nunca me he desenamorado antes, así que creo que sí, pero puede que no conozca la diferencia.

—Lo sabrías —dijo Solomon—. Solo tienes que pensar en tu vida antes y después de ella y ver cuál de las dos te gusta más.

—No creo que sea tan fácil.

—Nadie dijo que lo fuera, ¿no?

Solomon bajó del mostrador y le hizo un gesto a Clark para que le siguiera, salieron al jardín y se sentaron en la piscina. Durante unos minutos, ninguno de ellos dijo nada, como si eso fuera lo normal en una piscina: sentarse y tomar el sol en silencio, pero estaba a punto de hacerle a Solomon perder la cabeza.

—¿Por qué odia tanto estar aquí? —preguntó.

—No es como nosotros, tío.

—¿A qué te refieres?

—Su familia, siempre hay algo de drama. Su madre…, ella… no está bien. Es simpática, pero todo tiene que girar a su alrededor. Cuando vives durante demasiado tiempo con alguien así, irte tan lejos como sea posible se convierte en tu mejor opción. Creo que es lo que ocurrió con el padre de Lisa, pero nunca habla de ello.

—Y a ti te gusta estar aquí.

—Sí. Es mi casa, ¿sabes? Tengo a mi familia, te tengo a ti ahora. No necesito irme.

—Yo tampoco.

—Amigo, espero que no te lo tomes mal ni nada, pero me cambiaría por ti ahora mismo.

Solomon le creyó. Era en lo que más coincidían: todo lo que querían era un sitio calmado donde sentirse invisibles y fingir que el mundo no existía, y eso era exactamente lo que tenían antes de que las cosas se pusieran tan raras. Ahora no importaba lo que se dijeran a sí mismos o al otro: siempre sería diferente. Después de todo, el primer amor nunca se va durante la noche, en especial uno que siempre ha estado delante de ti pero fuera de tu alcance.

VEINTISÉIS
LISA PRAYTOR

—¿Estás bien? —gritó la madre de Lisa desde la entrada, donde Lisa llevaba diez minutos dentro del coche con el motor puesto.

—¿Qué? —gritó Lisa, abriendo la puerta.

—Oh, cielos. Pensaba que te habías muerto.

—¿Qué haces en casa?

—Tenemos que hablar.

Lisa siguió a su madre hasta el interior y después de unos minutos viéndola rondar por la cocina mientras hacía té, no pudo esperar más.

—Mamá, ha sido un día largo y raro, así que si puedes…

—Ron ha conseguido un trabajo —interrumpió.

—Vale.

—En Arizona.

—Ah.

—Y después de hablarlo mucho, bastante, bueno, hemos pensado que lo mejor es ir por caminos separados.

—¿Os vais a divorciar?

—Al final, sí.

Le sorprendió que su madre no se pusiera a llorar. Casi parecía aliviada, así que Lisa no sabía si consolarla o darle la enhorabuena.

—Parece que te lo has tomado bien.

—Sí. No estábamos hechos el uno para el otro, supongo.

—Lo siento —dijo Lisa—. ¿Nos mudamos de nuevo?

—No, cariño. Me voy a quedar la casa.

—Gracias a Dios.

—¿Me vas a decir qué te pasa? ¿Por qué estabas catatónica ahí fuera?

—Creo que Clark y yo hemos terminado.

Y entonces su madre se puso a llorar. No mucho, pero sin duda aguantó las lágrimas mientras escuchaba la historia por completo: cada detalle, desde la redacción hasta la conversación que acababa de tener con Solomon. También le contó lo de Clark y el secreto que estaba segura que le guardaba.

—Yo no lo veo —dijo su madre—. Pero ¿qué sé yo? Todo el mundo es gay últimamente.

—Supongo que pensaba que estaríamos siempre juntos.

—Eso es lo que todo el mundo piensa cuando tiene diecisiete años. Créeme.

—¿No estabas tú con mi padre a los diecisiete?

—Sí, y ya ves cómo terminó. Pensaba que sería la señora de Jacob Praytor siempre. No era gay, solo era un gilipollas. Más gracioso que todos los que he conocido, pero un completo gilipollas.

—Clark es la persona más buena que conozco —dijo.

—Yo también, pero si esto es así entonces ¿qué puedes hacer? Al menos no es culpa tuya que las cosas no funcionaran.

—Al menos.

—¿Se lo va a contar? ¿Lo de la redacción?

—No lo creo —dijo—. Pero ¿quién sabe? No he tenido la oportunidad de pedirle que no lo haga.

—Quieres entrar de verdad en esa escuela, ¿no?

—Tiene el segundo mejor programa de Psicología del país —dijo Lisa.

—*Tu experiencia con enfermedades mentales.* Podrías escribir cualquier cosa, me parece algo bastante sencillo.

—Están buscando la historia apropiada —defendió—. Algo ambicioso y valiente.

—Mentir no es de valientes.

—Tú sabrás.

—Cuidado —le advirtió su madre alzando la voz—. No empieces una pelea solo porque es lo más fácil.

—Lo siento.

—Entonces ¿puedes arreglarlo?

—Creo que no.

—Lisa —dijo su madre, mirándole a los ojos—. Nunca te he oído decir que no podías hacer algo. Nunca en tu vida.

Incluso cuando Lisa estaba superocupada, Clark y ella mantenían el contacto con una llamada rápida o un mensaje solo para ver cómo estaban. Habían hablado también mientras ella estaba en el campamento, lo suficiente como para saludarse y comentar el progreso de Solomon, pero en ese momento, un día después de que la hubiera echado de su casa, Lisa no sabía nada de él.

Tampoco sabía nada de Solomon, lo que le preocupaba aún más. ¿Estarían los dos juntos? Puede que Solomon le hubiera hecho caso, le hubiera confesado su amor y ya estuvieran juntos viviendo felices para siempre sin ella. ¿No se merecía saberlo? Era el único motivo por el que se conocían. Y pensaba que Clark, de todo el mundo, tendría la decencia de romper con ella antes de empezar con su primer novio. ¿Qué narices estaba pasando?

Cuando llamó a la casa de Clark, Drew contestó y dijo que había pasado la noche donde Solomon. Ahora Lisa estaba casi segura de que la verdad había salido a la luz. Que ella supiera, nunca se había quedado a dormir en su casa, ni una vez, ¿por qué ahora de repente sí?

Más tarde, justo cuando estaba a punto de anochecer, Lisa cogió las llaves y caminó hacia el coche. No sabía que iba a decir o hacer, pero tenía que verlos, y si no hubiera sido una semana tan rara y no hubiese pasado toda la tarde viendo cómo Ron empaquetaba sus cosas mientras su madre lloraba en la cocina, quizá no habría conducido hasta la casa de Solomon y saltado la verja principal.

Pero lo hizo, y ahora estaba en el jardín, con la luz de la piscina delante de ella, y antes de que pudiera darse la vuelta escuchó abrirse la puerta de cristal.

—¿Lisa? —preguntó Solomon. Estaba de pie en la puerta principal en bañador.

—Hola —dijo—, ¿estás solo?

Justo cuando lo preguntó, Clark apareció detrás de él con dos latas de refresco.

—Lisa —se sorprendió, quedándose congelado—. Hola.

—Ya veo que nadie coge el teléfono hoy —dijo.

—Lo siento —se disculpó Clark—. Se me acabó la batería anoche y no traje el cargador.

—¿Has pasado aquí la noche? —preguntó. Estaban todos de pie, Clark y Solomon en la puerta y Lisa tres metros delante de ellos, apenas perceptible por la luz de la piscina.

—Me quedé hasta tarde y no quería irme andando a casa.

—¿Quieres sentarte? —preguntó Solomon, pidiéndole aprobación a Clark con la mirada.

—Sí, vamos —dijo Clark—. Hace mucho frío.

Caminaron hasta la piscina y Clark se puso una toalla por los hombros, después tiró una a Lisa y otra a Solomon, que hicieron lo mismo. Se sentó entre ellos y ambos se quedaron mirándolo, esperando que fuera el primero en hablar.

—Estabas equivocada —le dijo a Lisa, con un tono alegre pero calmado.

—¿Sí?

—No es gay —añadió Solomon, moviendo la cabeza.

—Mierda —dijo, en un tono cansado y débil, no enfadado. Se quedó allí unos segundos sin mirarlos. No solía ruborizarse, pero estaba segura de que sus mejillas estaban coloradas y esperó que la oscuridad lo disimulara para no avergonzarse más.

—Al menos no has dejado que se te fuera de las manos —dijo Clark con sarcasmo.

—Así que supongo que se lo has contado, ¿no? —le preguntó Lisa a Clark.

—¿Qué? No —Movió la cabeza y abrió los ojos para que no siguiera hablando, pero era demasiado tarde.

—¿Contarme el qué? —preguntó Solomon.

Deseaba profundamente mentir, tener un poco más de tiempo antes de que la desenmascararan como un auténtico monstruo, pero se había acabado, tenía que terminarse.

—Lo de la redacción —contestó, cerrando con fuerza los ojos.

—¿Qué redacción?

—Mierda —dijo Clark.

—Solomon… Parecía una idea muy buena y no sabía que pasaría esto, no sabía que *tú* ibas a ser así, que tú serías *tú*. Y ahora…

—Lisa, ¿de qué narices estás hablando?

—Es una redacción de admisión —dijo Clark—, para Woodlawn.

—¿Y qué? —dijo—. O sea…, ¿qué pasa con ella?

—Conceden una beca escolar de un año completamente pagada al candidato con la mejor redacción —dijo Lisa.

—No entiendo nada…

—Se supone que es sobre su experiencia personal con una enfermedad mental —soltó Clark.

—¿Es un programa de Psicología? —preguntó Solomon.

—Sí.

—Pensaba que querías ser doctora.

—Nunca…

—Nunca dijiste de qué tipo —interrumpió Solomon—. Así que supongo que yo soy…

—Tú eres su experiencia personal con una enfermedad mental —dijo Clark.

—¿Tú lo sabías? —preguntó Solomon. Clark asintió con una expresión de decepción en el rostro.

—Chicos, tenéis que iros —dijo Solomon, tranquilamente. Su voz sonaba grave y triste y apenas reconocible.

—Sol, yo… —empezó Clark.

—Idos —dijo, levantándose. Se puso a caminar de un lado al otro del bordillo y dejó que se cayera la toalla de los hombros al agua.

—Yo la cojo —dijo Lisa.

—¡Déjala! —gritó Solomon—. ¡Vete! ¡Idos a casa! ¡Ambos! ¡Idos a casa!

Las lágrimas se desparramaron por su cara e incluso con la débil luz de la piscina se podía ver el pánico en sus ojos. Lisa dio un paso hacia él pero retrocedió, a punto de caer en la piscina. Le rogó que se sentara y respirara profundamente, igual que Clark, pero ya estaba demasiado mal. Cuanto más intentaban ayudarlo, más rápido caminaba, más temblaba y más alto les gritaba que se fueran. No pasó mucho tiempo hasta que sus padres salieron, y cuando su padre puso un brazo sobre él Solomon lo empujó contra el suelo. Después, justo cuando lo intentó de nuevo, Solomon levantó su propia mano y se abofeteó a sí mismo con ella. Entonces, lo hizo de nuevo, tan fuerte que su madre chilló y corrió hacia él para sujetarle los brazos.

Se le podía escuchar desde fuera gritando por toda la casa. Lisa cerró la puerta tras ella y se detuvo para respirar, como si acabara de escapar de un monstruo en un sueño. Incluso desde la entrada, mientras se metían al coche, podían escuchar a los padres de Solomon intentando calmarlo, pero él no era capaz. Estaba chillando y tirando cosas. Lisa escuchó algo que golpeó contra una pared de la casa. Puede que hubiera tirado una silla o uno de esos gnomos que su madre tenía por todo el jardín. Después, justo cuando Lisa estaba a punto de arrancar el coche, un grito agudo del padre de Solomon resonó por todo el vecindario. «¡Maldita sea, Solomon! ¡Para!». Y todo se quedó en silencio.

Mientras salían marcha atrás por la entrada, Lisa miró la casa con las lágrimas cayéndole por las mejillas. Miró hacia Clark, que se cubría la cara con las manos. Sus piernas temblaban como si no pudiera controlarlas y durante el camino, unas cuantas veces, Lisa pensó que estaba llorando. El mundo de Solomon ahora era suyo también y parecía que ella acababa de destrozarlo. Todo se había acabado.

Después de dejar a Clark en casa, en silencio, sin recibir una respuesta a su «adiós», condujo hasta casa de Solomon y aparcó en la calle. Se quedó allí, mirando la casa silenciosa y oscura durante una hora. No lo hizo porque él la necesitara, lo hizo porque le daba miedo que cuanto más lejos estuviera de él, mejor se pondría Solomon. Y aunque pasaba la mayor parte de su tiempo pensando en irse, Lisa aún no estaba preparada para hacerlo.

VEINTISIETE
SOLOMON REED

Llevaba años pegándose a sí mismo de esa manera, pero era la primera vez que alguien que no era de su familia lo presenciaba. Ahora siempre recordaría la expresión en sus caras justo después del primer ataque.

Clark y Lisa habían sido tan reales, había sido todo tan de verdad que nunca se había parado a preguntarse por qué estaba ocurriendo, por qué, en primer lugar, estaban perdiendo su tiempo en alguien como él.

Se quedó despierto hasta tarde aquella noche, tocándose la mejilla de vez en cuando, recordando lo que había hecho. Llevaba mucho tiempo sin ocurrirle, quizá más de un año. Tampoco pasó aquel día en el colegio, pero en casa, el mismo día que saltó a la fuente, se agobió tanto mientras caminaba con prisa por el salón y sus padres intentaban calmarlo que, de repente, perdió la cabeza por completo y se dio una torta en la cara. Inmediatamente, empezó a llorar, confuso y culpable, mirando a sus padres como si no entendiera cómo había ocurrido. Y, en verdad, eso era lo que pasaba con los golpes. Ocurría muy rápido: le temblaba el cuerpo hasta que se liberaba de la tensión producida por todos los pensamientos que iban y venían por su cabeza, y por el aire que no conseguía coger bien, y por el pulso estridente de su corazón que le martilleaba los oídos. Tenía que librarse de ella y esa era la manera. Una bofetada. Alivio inmediato.

Al día siguiente, Solomon no salió fuera. Era como cualquier otro día antes de conocerlos: tan familiar que la nostalgia le inundaba y le daba náuseas. Parte de él deseaba volver atrás en el tiempo y romper en dos la maldita carta de Lisa. Creía que quizá podría alejarse de ellos, como lo había hecho de otras cosas. Ojos que no ven, corazón que no siente.

Buscó el programa de admisión de la Facultad de Psicología de la Universidad de Woodlawn y leyó todo sobre la beca Jon T. Vorkheim, que incluía la escolarización gratuita durante un año como premio al candidato con la «mayor necesidad de asistencia y con la más alta probabilidad de aportar una perspectiva nueva al campo de la Psicología en virtud de su experiencia personal con las enfermedades mentales».

—Mierda —dijo en voz alta a una casa vacía.

Llevaba una semana sin salir y seguía sin coger las llamadas de Clark y de Lisa. Pasaba la mayor parte del tiempo encerrado en la habitación con la puerta cerrada y, casi siempre, sus padres le dejaban tranquilo. Conocían a Solomon mejor que nadie y si necesitaba tiempo para sí mismo no iban a quitárselo.

Cuando Clark apareció para recoger la furgoneta, Solomon no consiguió convencerse para bajar a verlo. Así que Clark saludó rápidamente a Valerie y siguió a Jason hasta el garaje, donde arrancó el motor y la puso en marcha. Después, el padre de Solomon llamó con cuidado a la puerta de su habitación antes de entrar y sentarse al borde de la cama.

—Es un asco ver cómo se va —dijo.

—¿El qué? ¿La furgoneta?

—Sí, me había acostumbrado a trabajar en ella. Esa cosa apenas arrancaba, pero al menos funcionaba.

—¿Cómo está?

—Triste, Sol. Parece bastante triste.

—Sí, bueno…

—No creo que quisiera hacerte daño —le interrumpió su padre—. Culpabilidad por cómplice, supongo. Pero ha sido un buen amigo contigo.

—Pero lo sabía. ¿Cómo sé si algo de todo esto era real?

—Porque lo sabes. Venga.

—No sé qué sé.

—¿Vas a volver a salir fuera alguna vez? —preguntó su padre, mirándole a los ojos.

—¿Por qué importa eso?

—No sé contestarte —dijo, saliendo al pasillo—, pero cuando me digas que ya no importa, dejaré de preguntarte.

Más tarde, mientras el padre de Solomon leía un libro en el salón, su hijo entró con el pijama que llevaba puesto desde hacía días y con una mirada de culpabilidad en el rostro.

—Aquí viene —dijo—, desde la habitación del hedor eterno.

—Vale, eso no es justo.

—¿Te has duchado esta semana?

—Puede que no.

—¿Dónde vas?

—Fuera, creo.

—Mira, siento que…

—Papá —le interrumpió—. No lo sientas.

Solomon miró el agua azul al otro lado del jardín y después miró a su padre, que fingía no mirarlo. Entonces se giró para abrir la puerta, eso que había hecho tantas veces como si nada, solo que tan pronto como el aire exterior le rozó la cara su corazón empezó a latir cada vez más rápido y no pudo respirar. De repente, todo empezó a temblar y solo escuchaba ruido, por lo que la piscina parecía muy lejana, demasiado como para alcanzarla. Para cuando su padre se acercó a él, estaba sentado en el suelo de baldosas con las rodillas dobladas y la cara escondida entre ellas.

Cuando terminó, alzó la cabeza hacia su padre con la desesperanza inundando sus ojos y, en ese momento de silencio, justo antes de que volviera a la habitación y cerrara la puerta, supo que estaban pensando lo mismo: quizá siempre sería así.

Al final, Solomon dejaría de intentar salir fuera de casa. Los ataques de pánico irían remitiendo y todos fingirían que aquellos meses no habían existido, deseando no sentir las punzadas de nostalgia que les daba recordar a esos dos chicos raros que aparecieron un día para mejorarlo todo.

Solomon se quedó en la habitación hasta que llegó su abuela para cenar esa noche. Sabía que no iba a ser capaz de evitarla, así que se vistió y se preparó cuando ella llegó allí. Intentó dibujarse una sonrisa en la cara, pero no funcionó y ella lo notó. Así que cuando fue a besarle la mejilla, le susurró al oído: «Estás bien» y le dio una pequeña palmada en la espalda.

No habló mucho durante la cena, lo que era sencillo cuando su abuela estaba allí. Masticó la comida en silencio mientras ella divagaba sobre ese difícil comprador nuevo con el que había estado tratando aquella mañana. Le había escuchado contar anécdotas del mundo inmobiliario provinciano durante toda su vida, y eran mucho más retorcidas y parecidas al humor negro de lo que uno podría pensar. Esta historia, en particular, implicaba una aventura extramarital y un espíritu. Fuera de broma.

Después de cenar, la abuela le preguntó si quería que le diera una paliza a las cartas y, aunque al principio dudó, no pudo negarse. Echó una partida a la canasta en la mesa del comedor, se comió el postre y se tomó el café. Los padres de Solomon se fueron a la cocina a lavar los platos y tan pronto como les perdieron de vista supo que estaba en peligro. La abuela no medía las palabras y esa era la primera vez que Solomon se quedaba a solas con ella desde que había vuelto a sus viejas costumbres.

—Recuerda, los doses y los bufones son comodines —dijo.

—Vale.

Pasaron cinco minutos sin decirse una palabra. Era la típica jugadora agresiva, pero el cambio de narradora graciosa de la cena a estafadora seria con cara de póquer le desconcertó. Poco a poco, al final de uno de los turnos, se derrumbó y habló:

—Escucha… Estoy seguro de que podré salir ahí fuera tarde o temprano.

Al principio no respondió, pero en vez de eso bajó las cartas y tomó un sorbo de café.

—Lo intenté. Lo hice. Esta mañana temprano. ¿Te lo ha dicho papá? Seguro que sí.

—Solomon —interrumpió—, no me importa eso.

—Ah —dijo—, pensaba que quizá estabas…

—¿Por qué no has visto a tus amigos? —preguntó.

—Ya sabes por qué.

—Te estaban ayudando, ¿no? Nunca te había visto tan feliz.

—Estaban mintiendo.

—O sea, que no son perfectos —dijo—. Pero estás mejor con ellos que sin ellos.

—Me estaban usando, abuela —se defendió—. Estaban utilizando a tu nieto loco para entrar a la universidad. ¿Cómo te sientes?

—Nunca dije que eso estuviera bien, pero ¿crees de verdad que solo era eso? No tienes necesidad de pasar todos los días con alguien solo para escribir unos párrafos, Solomon.

—Luego me dice que Clark es gay, que está segura, pero, claro, al final no lo es y ahora estoy de nuevo donde empecé y desearía no haberles conocido a ninguno de los dos. Eso mejoraría todo esto.

—Tienes que echarles mucho de menos —supuso, con expresión seria.

—Sí.

—Déjame decirte algo —dijo—. He pasado mucho tiempo de mi vida siendo una infeliz. Llevaba atrapada en mi pequeña ciudad de mierda más de lo que pensaba que podía soportar. Pero salí. Era vida o muerte. Y esa decisión me llevó a todo lo bueno que me ha pasado en la vida. Bien, no sé cómo quieres que sea tu vida y no pretendo entender lo que es estar en tu peor momento. No me puedo imaginar lo horrible que debe ser eso, pero sé lo que es estar pensando constantemente en una vida que no estás viviendo. Así me sentía yo cuando tenía dieciséis años y si pudiera haber hecho algo, lo habría hecho. Sé que es más fácil decirlo que hacerlo, lo sé, pero tienes que intentarlo, Solomon. Mírame a mí. Cuanto más mayor eres, más pequeño se hace el mundo, y no hay ni una maldita cosa que se pueda hacer al respecto. La vida es corta, chaval. Al menos, tienes que intentar vivirla antes de que termines donde estoy yo: contando los días que quedan para que alguien decida que es momento de ponerme en un sitio de donde no me pueda escapar. Eso es lo que estoy esperando, ¿sabes? Que alguien me coloque el culo en un sitio lleno de gente moribunda.

—Madre de Dios, abuela.

—Ahora mírate —dijo—, joven e inteligente. Este mundo podría convertirse en cualquier cosa que quisieras. Quizá yo me esté quedando sin tiempo, pero al menos estoy viviendo, y si eso es lo que esto es para ti, quedarte aquí dentro donde nunca pasa nada, donde crees que estás a salvo, entonces quédate. Quédate aquí mismo y dime que funciona, porque empiezo a creer que nunca será suficiente.

—Puede que no.

—Creo que puedes hacerlo —dijo—, y tienes mucho tiempo para demostrarme que tengo razón antes de que me quede blanca y me muera.

—Dijiste que te quedaban unos… ¿veinte años?

—Por lo menos. Dejé de fumar en los ochenta, así que puede que veinticinco o treinta. Tendrás el pelo de tu padre por entonces, sin duda.

—Vale, está bien. Te prometo que saldré antes de que la palmes.

—Dale —dijo, mirando sus cartas.

Durante el resto de la partida, se la imaginó atrapada en una residencia de algún sitio, triste y sola, deseando que fuera a visitarla, deseando que pudiera hacerlo. Le daba miedo el mundo, le daba miedo que encontrara la manera de devorarlo por completo, pero probablemente le diera miedo a todo el mundo alguna vez. Puede que algunas personas pudieran apagarlo sin más cuando lo necesitaran.

Después de que se fuera su abuela, solo pensó en crecer y en quedarse sin tiempo, así que aprovechó aquel subidón de valentía para ir a su habitación, marcar el número de Clark y esperar la respuesta.

—Hola.

—Hola —dijo, con la voz ronca.

—¿Estás bien, tío?

—Creo que sí. O sea, sí. Lo estaré.

—Lo siento mucho. No sé qué más decir…

—Seguro que intentaste convencerla de que no lo hiciera —interrumpió.

—Unas cuantas veces.

—Entonces ¿por qué no me lo contaste?

—Iba a hacerlo, pero entonces me dijiste lo que sentías y… No quería empeorarlo.

—¿Querías conocerme o era parte de su plan o lo que sea?

—Le pedí conocerte —contestó—, pero también me dijo que funcionaría.

—¿Quieres saber por qué sé que la quieres? —preguntó Solomon.

—¿Por qué?

—Porque guardaste su secreto, la protegiste.

—La protegía a ella y a ti —corrigió Clark.

—¿Has hablado con ella?

—No, me escribe cada mañana, pero aún no la he contestado.

—¿Vas a hacerlo?

—¿Después de todo lo que ha hecho?

—Sí.

—Seguramente. ¿No es absurdo?

—No —dijo Solomon—, yo te perdonaría.

—Sabes que fui a por la furgoneta, ¿no?

—La holocubierta no es la misma sin ella.

—¿Cómo te encuentras?

—¿Te importa de verdad o me preguntas por Lisa, para que pueda tomar apuntes?

—No sé en qué estaba pensando —dijo Clark—, pero sé que quería ayudarte. No lo hacía solo por ella, tío, créetelo.

—Lo intentaré —dijo Solomon—. Tengo que dejarte. Gracias por hablarme.

—Ah, sí, claro. Estoy muy…

Solomon colgó porque sabía que si escuchaba una palabra más empezaría a entrar en pánico, y entonces quién sabe cuánto tiempo le llevaría hasta que pudiera volver a respirar con tranquilidad y dejar de caminar con prisa o llorar.

Sabía que poco a poco, cuando fuera capaz de verlo o hablar con Clark sin perder la cabeza, las cosas entre ellos irían bien. Sin embargo, respecto a Lisa, no estaba tan seguro de cuándo estaría preparado para volver a verla o si acaso lo estaría alguna vez, pero le entristecía pensar en su vida sin ella. Ella era como esa pieza perdida del puzle que intentas olvidar o reemplazar pero que no puedes quitarte nunca de la cabeza. Y si la echaba tanto de menos después de una semana, ¿cómo sería después de un mes o un año? Puede que nunca tuviera que descubrirlo. Al menos, eso deseaba una gran parte de él.

VEINTIOCHO
LISA PRAYTOR

El silencio absoluto durante dos semanas de Clark y Solomon había llevado a Lisa a una situación rara y solitaria, tanto es así que se había quedado varias noches seguidas hasta tarde viendo por cable reposiciones de *Star Trek: La nueva generación*. Le gustaba pensar que al menos uno de ellos lo estaba viendo a la vez o que quizá lo estaban viendo juntos, a pesar de todo aquello por lo que les había hecho pasar. Descubrió que no era una serie tan mala; tenía algunas partes algo cursis en todos los capítulos, pero, dejando eso aparte, se dio cuenta de por qué les gustaba tanto a Solomon y a Clark.

Estaba segura de que Solomon la iba a dejar de lado: lo que ella le había hecho era imperdonable e iba a pasar un tiempo largo hasta que pudiera verlo de nuevo, pero teniendo en cuenta que Clark ignoraba sus llamadas y mensajes, Lisa empezaba a sospechar que también lo había perdido a él para siempre.

Así que después de trece días de contención, Lisa condujo hasta la casa de Clark y subió los peldaños de la entrada. Llamó tres veces, esperando que no la dejaran ahí fuera como merecía, así que cuando el padre de

Clark abrió la puerta no pudo evitar lanzarse a darle un abrazo.

—Ah, hola, Lisa —dijo, dándole con una mano una palmadita en la espalda—. Sácalo de casa, ¿quieres? Me está volviendo loco.

Caminó por el pasillo hasta la puerta medio abierta de la habitación de Clark y la empujó con suavidad, esperando que la viera. La habitación olía igual que él, al desodorante y a la colonia que su madre le compraba todas las Navidades. Estaba sentado en el suelo, con la espalda apoyada en la cama, leyendo un libro. Cuando la vio y sus ojos se encontraron, no se movió. Si ambos decidían ignorar todo lo que había pasado como si fuera una tontería, quizá conseguirían sobrevivir.

—¿Quieres sentarte? —preguntó, quitando las piernas de en medio.

Lisa se sentó en el suelo frente a él e, instintivamente, levantó las piernas para ponerlas encima de las suyas pero se paró antes de que se diera cuenta. Había planeado empezar con una disculpa, que eso fuera lo primero que saliera de su boca, pero él sabía que lo sentía, lo sabía todo de ella.

—¿Has hablado con él? —preguntó, en cambio.

—Una vez.

—¿Está bien?

—Creo que sí. Fue breve.

—Clark, mira, yo…

—¿Me haces un favor, Lisa?

—Claro.

—No te disculpes.

—Vale —dijo, desacostumbrada a ese tipo de firmeza.

—Bien —aceptó él—, ya hablaremos de nosotros después.

—¿Qué hacemos con Sol?

—Fue lo más horrible que he visto en mi vida —dijo—, se le fue.

—Soy una idiota —se disculpó ella.

—Se supone que ibas a cambiar de opinión.

—¿Sí?

—¡Sí! —dijo elevando la voz—. Dios mío.

Nunca le había escuchado hablar de esa manera, con tanta decepción y enfado en la voz. De hecho, le asustó un poco descubrir esa parte de él que desconocía.

—Supongo que confiaba en ti más de lo que merecías —dijo—. Ahora yo también soy un estúpido.

—Guau, gracias.

—De nada —cortó.

—No sé qué pasó —dijo—, estaba tan absorta, y después Janis dijo…

—Sabes que me odia, ¿por qué la escuchaste?

—No lo sé —dejó escapar, tapándose la cara con las manos.

—Y aunque tuvieras razón, ¿crees que yo te engañaría? Es como si hubieras olvidado quién soy.

—Pensaba que íbamos a dejarlo para después.

—Quizá ya no haya salida.

—¿Para nosotros?

—Para nadie —dijo—. Me apuesto lo que quieras a que Sol no está mejor que hace una semana, a juzgar por la voz que tenía al teléfono.

—Mierda —susurró—. Soy una estúpida, soy superestúpida.

—No eres superestúpida del todo.

—Te he acusado de infiel y pensaba que eras gay.

—Solo una de esas cosas te convierte en estúpida —dijo—. Debería haberme dado cuenta de que te sentías excluida. Sinceramente, no pensé que te importara tanto.

—¿Por qué no iba a importarme?

—Porque como te he dicho antes solo piensas en irte.

—En un año.

—Sí, bueno, no quiero pasar el próximo año con alguien que está a punto de irse y olvidarme.

—Quiero que vengas conmigo —confesó—. ¿Has mirado alguna escuela ya?

—No —dijo—, me gusta estar aquí. No sé si quiero ir a la universidad.

—Ah, bueno, entonces lo del waterpolo ¿por qué?

—Porque me gusta —admitió, con frustración—. Yo no pienso en cada mínimo detalle que pueda sacarme de aquí. Eso es lo que haces tú, no yo.

Lo miró durante un segundo, deseando que lo retirara y le dijera que había estado mandando en secreto solicitudes a universidades de Maryland o del D. C., pero en cambio apartó la mirada tan pronto como se encontraron sus ojos.

—¿Te ha dicho que te quiere? —preguntó.

—Desde luego.

—¿Y?

—Y fue raro, ¿vale? Me puso triste. Estoy seguro de que estas mierdas pasan todo el tiempo.

—Probablemente —dijo—, estás tan…, no sé, feliz cuando estás con él; o sea, no te aburres ni te quejas como cuando estás con tus otros amigos.

—Gracias —dijo—, pero eso no me convierte en gay.

—Por supuesto que no.

—Mira, lo pillo. No es una locura, pero sí frustrante, tú me conoces. No he empezado de repente a guardarte secretos por las noches. Es mi amigo, es nuestro amigo. Yo solo estaba siendo su amigo también.

—Creo que es el único motivo por el que salió fuera —dijo—, en plan que si mejorara quizá vosotros dos podríais...

—¿Cómo es posible que sepas eso? —interrumpió—. Estaban haciendo un maldito agujero en el jardín antes de que apareciéramos. No hice nada para ayudarlo.

—Si, bueno, ya somos dos.

Un silencio inundó la habitación después de decir eso, de esos que sabes que alguien va a romper diciendo algo que no quieres oír.

—No podemos presentarnos allí sin más, ¿no? Y esperar que no alucine —preguntó Clark.

—No —contestó Lisa—, al menos yo no puedo.

—No voy a ir sin ti.

—Estoy confusa. ¿Seguimos juntos?

—No lo sé —dijo—, tú eres la que quiere ser psicóloga. ¿Me estás diciendo que no parece todo esto un autosabotaje?

—Has pasado demasiado tiempo conmigo.

—Te escucho, aunque pienses que no.

—Te quiero, ¿lo sabes?

—Lisa —dijo, cerrando los ojos un instante y respirando profundamente. Nunca lo había visto tan hundido—. Hace dos semanas estabas tan supersegura de que yo era gay que se lo contaste a la única persona del mundo a la que no deberías habérselo dicho. No creo que esta sea una relación sana ya.

—Pero lo era —defendió.

—¿Te acuerdas de cuándo nos conocimos?

—Claro, en Biología.

—Física —la corrigió—. Lo sé porque cambié mi horario para estar contigo.

—¿Eh?

—Lo único bueno que ha hecho Janis Plutko en su vida.

—No tenía ni idea.

—Estabais siempre juntas así que al final tuve el valor de pedirle tu número en clase. Ella, en cambio, me dio tu horario.

—Ay.

—Me enamoré de ti con tu discurso de primer año.

—Aquel fue mi tercer mejor discurso hasta la fecha —dijo.

—Hablaste sobre el cambio social y me pareció muy gracioso. Presentabas al Consejo Escolar tu candidatura sin contrincantes por el anuncio para senador de primer año —dijo—, y te lo tomaste muy en serio.

—Quizá deberías habértelo tomado como un aviso.

—Quizá —dijo—, pero estuvo bien, ¿eh?

Lisa conocía muchas cosas sobre Clark que nadie más sabía. Sabía que llamaba a su abuelo cada domingo, como un reloj, y que nunca había probado un sorbo de alcohol, a pesar de o quizá por tener tres hermanos mayores, y sabía que por mucho que perdiera la paciencia con su madre nunca le contestaría mal ni llegaría un minuto más tarde de su hora. Clark Robbins era honesto y auténtico, como una especie de reencarnación rara de Abraham Lincoln, y si no hacía nada dejaría que esta ruptura se prolongara solo para no hacerle daño.

—Fue genial —dijo—. Mira, sé que mi historial como amiga no ha estado muy bien últimamente, pero creo que Solomon nos necesita. A ambos.

—¿Desde cuándo se pega a sí mismo?

—Puede que desde siempre —supuso—, lo sabría si le hubiera intentado ayudar como me lo propuse.

—Ese no es tu trabajo.

—No, no lo es —coincidió—, así que…, hum…

—No quiero decidirlo ahora —dijo—. Lo de romper.

—Vale.

—¿Quieres ver en cambio lo que he estado haciendo?

—Claro, pero no me hagas irme a casa todavía.

Siguió a Clark hasta el garaje del apartamento y, al doblar la esquina, no se lo pudo creer: ahí estaba su vieja furgoneta verde, igual de fea que siempre.

—Has recuperado tu furgoneta.

—Solo vi a su madre y a su padre cuando fui a por ella. Me dijeron que no estaba bien, después él me llamó más tarde y colgó antes de que pudiera disculparme.

—Probablemente esté avergonzado —dijo Lisa.

—Claro que sí, le he roto el puto corazón.

—Creo que nunca te había escuchado decir «puto» antes.

—Digo tacos cuando estoy triste.

—Creo que tampoco te había visto triste antes.

—Es lo único en lo que puedo pensar —reconoció, apoyándose en la furgoneta—: en Solomon atrapado en esa casa sin nadie con quien hablar. Nosotros le hemos hecho eso, le demostramos que tenía razón, y ahora deberíamos pensar cómo arreglarlo o nunca podré volver a dormir.

—Clark, lo que Sol tiene es un trastorno muy complicado que es impredecible por su propia naturaleza.

—Todavía no eres doctora, Lisa, y lo único que tenemos es la Wikipedia.

—Bueno, está bien —admitió—, pero no podemos hacer nada para curarlo, eso es lo que estoy diciendo. Necesita años de terapia, quizá décadas. Quedarse dentro de casa es una cosa, sacarte la mierda de dentro es otra.

—¿Lo habrías hecho de todos modos si hubieras sabido lo mal que estaba?

—Probablemente —contestó—, pero está claro que mis habilidades a la hora de tomar decisiones son cuestionables.

—Al menos eres sincera —dijo—. ¿Estás preparada para verlo?

Clark rodeó la furgoneta y abrió la pesada puerta doble. Toda la cabina estaba pintada completamente de negro: el suelo, el techo y ambas paredes. Cuando miró dentro, Clark se quedó allí de pie con una expresión de orgullo en la cara.

—No me lo puedo creer —dijo.

—La limpiamos por completo y quitamos las filas de asientos. La espuma se estaba pudriendo así que puede que por eso oliera a muerto aquí dentro.

—Dios, me alegro de que no fuera un animal o algo.

—Ya somos dos. Después cogimos esa alfombra asquerosa y arrancamos la estructura del techo.

—Voy a echar de menos la polla que dibujó tu hermano con el rotulador —dijo Lisa.

—Sí... El padre de Solomon pensó que era gracioso y me preguntó si quería dejarlo ahí. Pero bueno, también cambiamos la batería y todos los cinturones. Funciona un poco mejor que antes, pero creo que aún le queda trabajo.

—¿Y qué pasa con la pintura negra?

—Lo hice ayer —confesó, enseñándole las manos manchadas con pintura de spray—. Me podía haber muerto con tantos gases, pero tuve la idea y fui a por ella, aunque necesito tu ayuda para la última parte.

Una hora más tarde, Lisa miraba el fondo de la furgoneta, moviendo la cabeza, y Clark hacía lo mismo, justo detrás de ella. Pensó, durante un segundo, que se acercaría y le apretaría la mano como antes, ese gesto pequeño que les haría volver, en silencio, a lo que eran.

—No estoy segura de que esto vaya a funcionar alguna vez —dijo, con la mirada fija.

—Puede que no tenga que hacerlo —dijo—. Actos, ya sabes.

Lisa se quedó un rato después, comiendo algo para llevar con Clark y viendo un programa de remodelación de casas que su hermana había puesto. En realidad era como en los viejos tiempos, excepto por las miradas de desconfianza que seguía lanzando Drew. Lisa sabía que era muy protectora con su hermano mayor, pero aquello parecía algo más personal, como si ella estuviera enfadada porque Lisa no se hubiera pasado tanto por allí como antes. Así que cuando Clark salió de la habitación para responder una llamada, Lisa no esperó demasiado para levantarse en silencio y seguirle.

—¿Estás ahí, colega? —preguntó Clark al teléfono cuando entró en la habitación.

—¿Qué pasa? —susurró.

—He escuchado la voz de su padre y después ha colgado.

Clark se quitó el teléfono de la oreja, miró la pantalla y después miró a Lisa.

—¿Crees que va todo bien? —preguntó.

Entonces el teléfono sonó y ambos vieron el nombre de Solomon en la pantalla, pero tan pronto como lo descolgó, Clark lo alejó porque Solomon estaba hablando a voces al otro lado.

—Necesito que vengas. ¿Puedes venir? Necesito que vengas ahora mismo —dijo Solomon desesperado.

—Lisa está conmigo, ¿vale?

—Lo que sea, pero venid, ¡por favor! —suplicó antes de colgar.

—Cogeremos la furgoneta —dijo Clark, corriendo por el pasillo.

—Apenas funciona.

—Funciona —dijo, dándose la vuelta hacia ella.

Al llegar allí, todas las luces estaban dadas y vieron a Solomon en la ventana delantera. Cuando salieron del coche, Lisa corrió hacia la puerta sin pensar en nada, abrió la puerta de un golpe y se encontró con él. Estaba pálido como un fantasma, pero ni intentándolo podía ignorar las marcas rojas de la mano en la parte derecha de su cara. Sin saber qué más hacer, se quedó allí, esperando que le dijera algo, que le explicara lo que estaba pasando, pero él no podía hablar, ni siquiera cuando Clark entró detrás de ella y le preguntó si estaba bien. En vez de eso, dio unos pasos hacia delante y cayó rendido en los brazos de Lisa, hundiendo la cara en su hombro.

VEINTINUEVE
SOLOMON REED

—¿Sol? —le dijo Lisa.

La soltó y se incorporó, intentando calmarse y ordenar sus pensamientos para que tuvieran sentido. Clark se hizo cargo y le puso el brazo sobre los hombros, llevándolo hasta el sofá para que se sentara.

—Mi abuela —dijo, finalmente, con la voz a punto de romperse.

—Dios mío —exclamó Lisa—, ¿está bien?

—No lo sé —consiguió decir, cerrando los ojos con fuerza—. Mi padre entró corriendo, me contó que había tenido un accidente de coche y después se marchó. Más tarde llamó mi madre y dijo que estaba en el Mountain View Medical.

—¿Qué hacemos? —preguntó Clark.

—Se lo prometí —contestó Solomon, atacado—. Le prometí que saldría de casa antes de que se muriera.

—Sol, no… —empezó Lisa.

—Tengo que ir —respondió, levantándose—. Tengo que ir, ¿verdad? ¿Y si se está muriendo? ¿Y si esta es mi única oportunidad?

Se puso a dar vueltas por la habitación, mirándolos a ambos. La ansiedad era demasiado fuerte como para poder lidiar con los otros sentimientos que le habían provocado verlos, pero estaban ahí. Era consciente de ello y no tenían por qué.

—No puedo hacerlo —dijo Solomon—, se lo prometí y no puedo hacerlo, no hay manera. No he salido al jardín desde que os fuisteis.

—Mierda, joder —dijo Clark, de repente, mirando a Lisa—. ¿Estás pensando lo mismo que yo?

—Seguramente no.

—La furgoneta —exclamó, abriendo mucho los ojos.

—¿La furgoneta? —preguntó Solomon.

—Dios mío, la furgoneta —dijo Lisa.

—¿QUÉ PASA CON LA FURGONETA? —gritó Solomon, moviendo los brazos por el aire.

—HEMOS PUESTO UNA HOLOCUBIERTA —gritó Lisa, dándoles un susto de muerte.

—¿En serio? —preguntó Solomon.

—Sí —dijo Clark—. Hoy mismo. Iba a ser una sorpresa.

—¿Funcionará? —preguntó Solomon, girándose hacia Lisa.

—No lo sé —dijo.

—¿No ibas a ser psicóloga? —preguntó Solomon—. Di que sí que va a funcionar.

—Va a funcionar.

Solomon y Lisa se quedaron en la lavandería mientras Clark aparcaba la furgoneta en el garaje. Unos segundos más tarde, las horribles puertas traseras de metal se abrieron y, desde donde estaban, era difícil distinguir dónde terminaba el interior de la furgoneta y dónde empezaba el garaje. Lo habían pintado de negro y habían usado una cinta amarilla para dividirlo en grandes cuadrados. Había una cortina negra que separaba la parte delantera de la furgoneta, así que, cuando Solomon lo vio, se dio cuenta de que tenía el mismo diseño que el garaje.

—Creo que ha quedado bastante bien —dijo Clark.

—¿Habéis hecho todo esto por mí?

—Puede que solo quisiera tener una mía —respondió Clark con una sonrisa.

—¿Le ayudaste? —preguntó a Lisa.

—Sí, ¿qué tal ha quedado?

—Perfecta —contestó.

Se metió de un salto, agachando la cabeza hasta que llegó al centro y entonces se sentó. Miró a su alrededor y después hacia ellos, que lo miraban desde fuera.

—¿Cómo te sientes? —le preguntó Clark.

—Mi corazón va a mil —dijo—, y huele a pintura.

—Lo siento.

—Tenemos que darnos prisa —sugirió Solomon—. Puedo hacerlo, ¿verdad?

—¿Quieres que te acompañe? —preguntó Lisa.

Asintió con la cabeza y dio una palmada a la pared negra y fría que tenía al lado. Hoy podía olvidarse de quién era y de lo que había hecho para superar aquello. Era algo que tenía que hacer. La necesitaba. Nada más aparecer en la puerta de su casa, se había sentido mejor. Si había alguien que podía ayudarlo, era ella.

Así que se metió dentro y se puso a su lado, de cara a las puertas traseras. Cuando Clark las cerró, lo único que podían ver eran cajas amarillas llenas de un vacío negro. Lisa puso una mano entre ellos y, tan pronto como Clark arrancó el motor, Solomon puso la suya sobre la de ella.

—Está bien —dijo, con calma—. Vamos a respirar y hacer como que vamos a casa.

—¿Y qué pasa cuando lleguemos allí?

—¿Estáis listos? —gritó Clark desde el asiento delantero.

—Un segundo —contestó Lisa—. Mira, puede que la adrenalina fluya y estés bien. Has escuchado esas historias, ¿verdad? Sobre las mujeres que levantan coches para salvar a sus bebés y todo eso. Puede que sea lo mismo.

—No lo será —dijo.

—Bueno, vamos a ir y lo vemos —propuso ella—. ¡Estamos listos!

Al principio, cuando sintió que la furgoneta se ponía en marcha, Solomon cerró los ojos. Llevaba mucho tiempo sin estar dentro de un vehículo y notar el movimiento alrededor y por debajo. La entrada estaba inclinada, así que se dio cuenta de cuando Clark salió a la calle. Entonces abrió los ojos y apretó la mano de Lisa un poco más fuerte, sin quitar la mirada de aquel dibujo familiar, pero siendo bien consciente de dónde estaba: fuera, en el mundo, como el resto de ellos.

—Ay, no —dijo por encima del sonido de su propia respiración profunda—. ¿Qué estoy haciendo? ¿Qué estoy haciendo?

—Vamos a contar hasta diez, Sol —dijo Lisa.

—¡No! —gritó—. Perdona, es que... no puedo..., quizá deberíamos darnos la vuelta.

—Clark, más despacio. —Lisa se hizo a un lado y se puso enfrente de Solomon para mirarle directamente a la cara, con la nariz a centímetros de la suya y con el blanco de los ojos casi brillando en la oscuridad—. Escúchame —susurró—. Puedes hacerlo, ya lo estás haciendo. Cógeme la otra mano.

Le cogió la mano y se quedaron allí sentados, en el suelo de la furgoneta tan tosca y alta, como si estuvieran a punto de hacer una sesión de espiritismo, y con cada bache Solomon se tensaba. No había sesión de espiritismo. Era una tortura, y cada vez le costaba más respirar, como si estuviera atado a su casa y el collar lo ahogara más fuerte cuanto más se alejaba.

—Sol —dijo Lisa, tranquilamente—. Estamos aquí. Estoy aquí. Estás aquí. Estamos aquí y nos estamos moviendo. No va a pasar nada malo. Clark es un gran conductor, ¿verdad, Clark?

—¡Un gran conductor! —gritó desde delante.

—Y vamos a ir a llevarte con tu abuela, ¿vale? Pero tienes que hacerme un favor.

—¿El qué? —preguntó, con la respiración entrecortada.

—Tienes que contar conmigo. Vamos. Uno…

Murmuró los números a través de la respiración frenética pero, sin que ella tuviera que decírselo, empezó a respirar despacio y profundamente.

—Bien —dijo—. ¿Dónde estamos?

—En la furgoneta de Clark.

—No. Estamos en el garaje. —Se puso a su lado, soltándole una mano pero manteniendo firme la otra—. Y aquí podemos relajarnos.

—Lisa… Yo…

—Aquí dentro podemos estar en cualquier lugar que queramos. ¿Quieres estar en casa? Hazlo entonces.

—Quiero estar en el jardín trasero —deseó, su voz temblaba como si sintiera que la muerte inminente rondaba a su alrededor.

—Es un jardín genial…

—Nadar —interrumpió. Entonces cerró los ojos de nuevo—. Debajo del agua. ¿Sabes cuál es la sensación de intentar mantenerte en el fondo de la piscina y mirar a tu alrededor? ¿La calma que da?

—Sí —dijo—. Me encanta eso.

—A mí también. Me encanta cómo puedes moverte tan rápido en el agua, ¿sabes? Mientras te rodee, estás a salvo de todo.

—El aire puede ser igual —dijo—. Son partículas. Se parece más al agua que cualquier otra cosa.

Sus ojos se abrieron y se giró hacia ella. Sonrío, durante un segundo, y después pensó en el aire que había entre ellos, cómo podía ver a través de él y cómo le veía ella a él. Sin duda, podía olerlo, y se preguntó por un breve momento si quizá los gases del spray eran los que le estaban manteniendo sedado en realidad y no la terapia de distracción de Lisa.

—¿Cuánto queda? —preguntó.

—Diez minutos como máximo.

Lisa cogió el teléfono y buscó el número de Valerie Reed. Mientras esperaba la respuesta, agarró fuerte la mano de Solomon para comprobar que seguía respirando correctamente.

—Directo al buzón de voz —dijo, con el teléfono aún en el oído.

—Mierda, mierda, mierda —maldijo Solomon, moviéndose de un lado a otro.

—Doctora Reed, soy Lisa. Tenemos a tu hijo. Vamos de camino. Por favor, llámame cuando puedas.

—Genial —dijo Clark—, ahora somos secuestradores.

—Va a morirse sin saberlo —dijo Solomon.

Solomon intentó concentrarse en respirar y en contar, algo que nunca había dejado de hacer en su cabeza durante todo el tiempo. Inspiró lentamente y espiró cuando llegó a cinco, y después lo hizo de nuevo, una y otra vez, hasta que la furgoneta paró.

—¡Aquí estamos! —dijo Clark.

—No abras las puertas —susurró Solomon, intentando mantener la calma.

—Están selladas hasta que lo digas, compañero —dijo Clark.

—¿Qué quieres hacer, Sol? —preguntó Lisa.

—¿Puedes ir a buscarlos? ¿Ver si está bien? Joan Reed.

—Joan, lo tengo —dijo, levantándose—. No te des la vuelta.

Abrió la cortina y apretó a Clark mientras él se iba a la parte de detrás. Se sentó al lado de Solomon, que miraba al vacío y fingía que no estaba allí, así que Clark miró a su alrededor y después hacia su amigo antes de dejar escapar un gran suspiro y girarse hacia él.

—¿Qué? —preguntó Solomon.

—Estás fuera, tío. Raro, ¿no?

—Se supone que tienes que distraerme.

—Ah…, hum…

—¿Estáis bien Lisa y tú?

—Está por ver —respondió Clark.

—Gracias —dijo Solomon—, por esto.

—Wesley Crusher, ¿no? Siempre salvando los días.

—No puedo salir de la furgoneta, Clark.

—Lo sé, Sol, pero has llegado muy lejos, joder.

Entonces sonó el teléfono de Clark y, justo cuando él fue a contestar, Solomon se lo quitó de las manos.

—¿Mamá? ¿Está bien? ¿Qué pasa?

—Está en cirugía. Tiene bastantes lesiones y unos cuantos huesos rotos, pero se va a poner bien. ¿Dónde estás?

—Fuera —dijo, conteniendo las lágrimas—. En el aparcamiento.

—Donde Urgencias —susurró Clark.

—Donde Urgencias. ¿Mamá? ¿Papá está bien?

—Estamos ambos bien. Lisa acaba de subir. No me lo puedo creer.

—Yo tampoco —dijo—. ¿Le has dicho que estoy aquí?

—Tan pronto como se despierte. Primero, voy a por ti. No te muevas.

Se quedaron sentados en la oscuridad durante un rato y, después de unos minutos, a pesar de seguir contando en su cabeza e intentar concentrarse en su respiración, Solomon miró a su alrededor, sonrió ligeramente y se giró hacia su amigo.

—Estamos bien, Clark —dijo, dándole la mejor sonrisa que pudo—. Estamos bien.

De pronto, escucharon un ruido en la puerta delantera, las puertas se abrieron y nada más girarse, Solomon vio a su madre acercándose hacia él. Le pidió a Clark que les diera un minuto y una vez se quedaron solos se acercó un poco hacia él y miró a Solomon a los ojos.

—Tu abuela es fuerte —dijo—. Dentro de un mes estará presumiendo de su nuevo coche y de su nueva cadera.

Sonrió a su madre, pero aún no era capaz de relajarse lo suficiente como para mostrar su emoción. Siguió la línea amarilla de los cuadrados detrás de ella con los ojos hasta que se acercó aún más, bloqueando por completo su vista. No rompió a llorar ni le dijo que estaba orgullosa de él ni le prometió que todo iba a salir bien. Solo lo miró de la única manera que sabía: como si fuera la única persona del mundo, y entonces le dio una palmada en la pierna y le dijo: «Vamos a casa».

Cuando Lisa volvió, se sentó delante de él y fue a darle la mano como antes, pero se apartó rápidamente y en vez de eso se inclinó hacia ella y le puso los brazos sobre sus hombros. Fue algo tranquilo y breve, pero así tenía que ser. Entonces se apartó, le cogió la mano y le miró a los ojos mientras el motor se ponía en marcha y la furgoneta se empezó a mover.

De vuelta en casa, esperaron hasta que se cerró la puerta del garaje por completo para dejar salir a Solomon. Entonces Lisa y Clark lo siguieron sin decir una palabra. Cruzó la lavandería hasta el salón, abrió la puerta corredera de cristal y salió al jardín, y para cuando Lisa había encendido las luces de fuera él ya había saltado a la piscina con la ropa puesta.

Unos segundos más tarde, salió del agua con una gran salpicadura.

—¿Acaba de pasar? —gritó, con el agua cayéndole por los ojos.

—Acaba de pasar —dijo Clark.

Puede que aquel fuera el momento más feliz de la vida de Solomon, pero no estaba seguro. Si no lo hubiera estado buscando se lo podría haber perdido, pero justo antes de que Lisa y Clark arrojaran sus teléfonos a la hierba y se tiraran al agua de bomba tras él, les vio acariciarse la mano rápidamente, dándose un breve apretón antes de soltarse.

Había salido de casa. Había sobrevivido. Pero, maldita sea, era genial estar en casa, estar en el agua, estar con ellos. No tenía que ir a ningún otro lugar. Allí estaba a salvo. Era previsible. Solo era un sitio minúsculo al otro lado del mundo. No tenía la necesidad de salir de nuevo.

Pero eso no significaba que no fuera a hacerlo.

TREINTA
LISA PRAYTOR

MI EXPERIENCIA PERSONAL
CON ENFERMEDADES MENTALES

Me llamo Lisa Anne Praytor y soy estudiante de último curso del instituto de secundaria Upland, en California. Una mañana, cuando estaba en primaria, un chico al que no conocía se quitó la ropa y saltó a una fuente delante de mi escuela y después desapareció. Durante tres años, no supe nada más de él, ni una palabra, pero entonces, un día de la pasada primavera, lo encontré. Se llama Solomon Reed y es mi experiencia personal con enfermedades mentales.

Pero no debería serlo. No tenía derecho a hacer lo que hice, pero me ha dicho que no pasaba nada. Me ha dicho que podía escribir esto, no porque encontrarlo fuera lo correcto y puede que no porque lo ayudara, sino porque, aunque no haya sido parte del mundo en tres años, Solomon Reed había creado uno propio, uno que le salvó la vida. Y creo que quiere que lo sepan.

La primera vez que fui a su casa, quería curarlo. Encontrarlo, arreglarlo y conseguir mi beca. Ese era el plan, pero no tuve paciencia y no soy terapeuta, así que a cambio nos hicimos amigos. Entonces, antes de que me diera cuenta, empezó a mejorar, pero no fue por mi talento natural para llevar a cabo la terapia conductual cognitiva en chicos de dieciséis años con agorafobia y ataques de pánico. Fue porque él había encontrado una razón para mejorar. Así que pensé que tenía que ofrecerle otro motivo: el guapo y bueno de mi novio, Clark. Qué buena manera de tentar a un recluso homosexual a que salga de casa, ¿verdad?

No estoy muy segura de por qué pensé que estaba cualificada para joderle la vida a alguien como hice. Podría echar la culpa a la edad, pero sería demasiado fácil. ¿Ambición, quizá? Después de todo, esto iba de conseguir entrar en su programa (y, con suerte, ser capaz de pagarlo), pero no puedo culparles, ¿no?

Nos culpo a todos nosotros.

Nunca olvidaré ese día en la fuente. Los otros niños se reían y susurraban, incluso cuando el director lo sacó del agua y le puso una chaqueta por encima. Siguieron riéndose y señalándolo mientras pasó por allí, chorreando y sin levantar la mirada del sueño. La mayoría de las personas que conozco había escuchado algún cotilleo absurdo sobre él al final de aquel día. Pero entonces, en cuestión de semanas, era como si no hubiera existido. Y entonces es cuando me entristecí. No volvieron a mencionarlo, como si nosotros perteneciéramos a ese lugar y él fuera de otro sitio. No es muy difícil desaparecer cuando nadie te está buscando.

Eso es lo que hacemos algunas veces: dejamos que la gente desaparezca, queremos que lo haga. Si todo el mundo se queda quieto y se quita de en medio, entonces el resto de nosotros puede fingir que todo va bien. Pero nada va bien, no mientras gente como Solomon tenga que esconderse. Tenemos que aprender a compartir el mundo con ellos.

Sé que no soy quién para hablar. Ética, profesional y moralmente, lo he hecho todo mal. He sido una amiga de mierda y una novia de mierda, e hice todo eso para que mi futuro fuera distinto a mi pasado. Quería ser parte de su programa para poder ayudar a la gente, y en el proceso hice daño a mis dos personas más queridas.

Pero siguen aquí, y Solomon sigue abriendo la puerta cada vez que me paso por allí, y todavía nadamos, todavía vemos películas, todavía jugamos. No es el niño loco de la fuente: los locos no saben que están locos. Y como él sabe qué es lo que le hace perder el control, es capaz de aprender a hacer su mundo más grande sin que este lo atrape.

No creo que me admitan en su programa y sé seguro que no ganaré la beca Jon T. Vorkheim, pero me gustaría darles las gracias de todos modos. Sin su redacción, Solomon seguiría siendo invisible y yo probablemente seguiría pensando que entrar en su escuela es la única manera de ser feliz. No lo es. Con lo inteligente que soy, tuvo que aparecer un chico encerrado en su casa para enseñarme que a veces no importa dónde estás, solo importa quién está contigo.

En realidad, es como en *Star Trek: La nueva generación.* Estamos flotando en el espacio intentando descubrir lo que significa ser humano, y claramente yo necesito más tiempo para flotar. Aunque cuando esté lista para dar el paso, Sol estará allí para ayudarme, igual que Clark. El mundo es grande, da miedo y es implacable, pero podemos sobrevivir. Solomon Reed lo hizo. Nos dimos las manos y contamos hasta diez y fue hermoso. Era un astronauta sin traje, pero seguía respirando.

FIN

AGRADECIMIENTOS

Debo una gratitud lógica e infinita a toda la gente que ha tenido que tratar conmigo mientras escribía este libro.

Principalmente a Namrata Tripathi, mi editora, que siempre me pregunta por qué y nunca me deja irme sin tener una respuesta. Nunca. La capacidad de Nami de abrirme el cerebro y extraer una narración coherente es asombrosa, y me siento muy afortunado por trabajar con ella.

Después, a Stephen Barr, mi agente, cuya sensatez y amabilidad solo se pueden medir en tacos mexicanos. Stephen es auténtico: un agente que siempre contesta las llamadas y nunca se anda con rodeos. Vuelvo a decir que soy un tipo afortunado.

También me gustaría agradecer en mayúsculas a todo el mundo de Dial Books y Penguin Random House por recibirme con los brazos abiertos.

Es cierto que no habría llegado a ningún sitio sin las bibliotecas y las librerías, así que quiero dar las gracias especialmente a todos aquellos bibliotecarios que pasan los días colocando libros en las manos de los niños y a todos aquellos libreros que se toman su tiempo para encontrar el libro ideal para cada lector.

Y, finalmente, muchísimas gracias a mi familia y amigos. Tengo la suerte de poder decir que sois demasiados para nombraros aquí, pero sabéis quiénes sois y lo que significáis para mí. Tengo un trabajo genial, pero precisa de mucha inspiración y material de la vida real. Todos vosotros me dais eso. No puedo agradecéroslo lo suficiente.

YA-SPA WHAL
Whaley, John Corey,
Una conexión ilógica /